CONTEMPORÁNEA

Gabriel García Márquez, nacido en Colombia, es una de las figuras más importantes e influyentes de la literatura universal. Ganador del Premio Nobel de Literatura en 1982, es además cuentista, ensayista, crítico cinematográfico, autor de guiones y, sobre todo, intelectual comprometido con los grandes problemas de nuestro tiempo, en primer término con los que afectan a su amada Colombia y a Hispanoamérica en general. Máxima figura del llamado «realismo mágico», en el que historia e imaginación tejen el tapiz de una literatura viva, que respira por todos sus poros, es en definitiva el hacedor de uno de los mundos narrativos más densos de significados que ha dado la lengua española en el siglo xx. Entre sus novelas más importantes figuran *Cien años de soledad, El coronel no tiene quien le escriba, Crónica de una muerte anunciada, La mala hora, El general en su laberinto,* el libro de relatos *Doce cuentos peregrinos, El amor en tiempos de cólera* y *Diatriba de amor contra un hombre sentado.* En el año 2002 publicó la primera parte de su autobiografía, *Vivir para contarla.*

Biblioteca

GABRIEL GARCÍA MÁRQUEZ

Los funerales de la Mamá Grande

DeBOLSILLO

Diseño de la portada: Equipo de diseño editorial
Fotografía de la portada: © Jordi Sàbat

Primera edición en U.S.A.: febrero, 2006

© 1962, Gabriel García Márquez
© de la presente edición:
    1998, Random House Mondadori, S. A.
    Travessera de Gràcia, 47-49. 08021 Barcelona

Printed in Spain – Impreso en España

ISBN: 0-307-35046-0

Distributed by Random House, Inc.

Al cocodrilo sagrado

LA SIESTA DEL MARTES

(1962)

El tren salió del trepidante corredor de rocas bermejas, penetró en las plantaciones de banano, simétricas e interminables, y el aire se hizo húmedo y no se volvió a sentir la brisa del mar. Una humareda sofocante entró por la ventanilla del vagón. En el estrecho camino paralelo a la vía férrea había carretas de bueyes cargadas de racimos verdes. Al otro lado del camino, en intempestivos espacios sin sembrar, había oficinas con ventiladores eléctricos, campamentos de ladrillos rojos y residencias con sillas y mesitas blancas en las terrazas entre palmeras y rosales polvorientos. Eran las once de la mañana y aún no había empezado el calor.

—Es mejor que subas el vidrio —dijo la mujer—. El pelo se te va a llenar de carbón.

La niña trató de hacerlo pero la persiana estaba bloqueda por óxido.

Eran los únicos pasajeros en el escueto vagón de tercera clase. Como el humo de la locomotora siguió entrando por la ventanilla, la niña abandonó el puesto y puso en su lugar los únicos objetos que llevaban: una bolsa de material plástico con cosas de comer y un ramo de flores envuelto en papel de periódicos. Se sentó en el asiento opuesto, alejada de la ventanilla, de frente a su madre. Ambas guardaban un luto riguroso y pobre.

La niña tenía doce años y era la primera vez que viajaba. La mujer parecía demasiado vieja para ser su madre, a causa de las venas azules en los párpados y del cuerpo pequeño, blando y sin formas, en un traje cortado como una sotana. Viajaba con la columna vertebral firmemente apoyada contra el espaldar del asiento, sosteniendo en el regazo con ambas manos una cartera de charol desconchado. Tenía la serenidad escrupulosa de la gente acostumbrada a la pobreza.

A las doce había empezado el calor. El tren se detuvo diez minutos en una estación sin pueblo para abastecerse de agua. Afuera, en el misterioso silencio de las plantaciones, la sombra tenía un aspecto limpio. Pero el aire estancado dentro del vagón olía a cuero sin curtir. El tren no volvió a acelerar. Se detuvo en dos pueblos iguales, con casas de madera pintadas de colores vivos. La mujer inclinó la cabeza y se hundió en el sopor. La niña se quitó los zapatos. Después fue a los servicios sanitarios a poner en agua el ramo de flores muertas.

Cuando volvió al asiento la madre la esperaba para comer. Le dio un pedazo de queso, medio bollo de maíz y una galleta dulce, y sacó para ella de la bolsa de material plástico una ración igual. Mientras comían, el tren atravesó muy despacio un puente de hierro y pasó de largo por un pueblo igual a los anteriores, sólo que en este había una multitud en la plaza. Una banda de músicos tocaba una pieza alegre bajo el sol aplastante. Al otro lado del pueblo, en una llanura cuarteada por la aridez, terminaban las plantaciones.

La mujer dejó de comer.

—Ponte los zapatos —dijo.

La niña miró hacia el exterior. No vio nada más que la llanura desierta por donde el tren empezaba a correr de nuevo, pero metió en la bolsa el último pedazo de galleta y se puso rápidamente los zapatos. La mujer le dio la peineta.

—Péinate —dijo.

El tren empezó a pitar mientras la niña se peinaba. La mujer se secó el sudor del cuello y se limpió la grasa de la cara con los dedos. Cuando la niña acabó de peinarse el tren pasó frente a las primeras casas de un pueblo más grande pero más triste que los anteriores.

—Si tienes ganas de hacer algo, hazlo ahora —dijo la mujer—. Después, aunque te estés muriendo de sed no tomes agua en ninguna parte. Sobre todo, no vayas a llorar.

La niña aprobó con la cabeza. Por la ventanilla entraba un viento ardiente y seco, mezclado con el pito de la locomotora y el estrépito de los viejos vagones. La mujer enrolló la bolsa con el resto de los alimentos y la metió en la cartera. Por un instante, la imagen total del pueblo, en el luminoso martes de agosto, resplandeció en la ventanilla. La niña envolvió las flores en los periódicos empapados, se apartó un poco más de la ventanilla y miró fijamente a su madre. Ella le devolvió una expresión apacible. El tren acabó de pitar y disminuyó la marcha. Un momento después se detuvo.

No había nadie en la estación. Del otro lado de la calle, en la acera sombreada por los almendros, sólo estaba abierto el salón de billar. El pueblo flotaba en el calor. La mujer y la niña descendieron del tren, atravesaron la estación abandonada cuyas baldosas empezaban a cuartearse por la presión de la hierba, y cruzaron la calle hasta la acera de sombra.

Eran casi las dos. A esa hora, agobiado por el sopor, el pueblo hacía la siesta. Los almacenes, las oficinas públicas, la escuela municipal, se cerraban desde las once y no volvían a abrirse hasta un poco antes de las cuatro, cuando pasaba el tren de regreso. Sólo permanecían abiertos el hotel frente a la estación, su cantina y su salón de billar, y la oficina del telégrafo a un lado de la plaza. Las casas, en su mayoría construidas sobre el modelo de la compañía bananera, tenían las puertas cerradas por dentro y las persianas bajas. En algunas hacía tanto calor que sus habitantes almorzaban en el patio. Otros recostaban un asiento a la sombra de los almendros y hacían la siesta sentados en plena calle.

Buscando siempre la protección de los almendros, la mujer y la niña penetraron en el pueblo sin perturbar la siesta. Fueron directamente a la casa cural. La mujer raspó con la uña la red metálica de la puerta, esperó un instante y volvió a llamar. En el interior zumbaba un ventilador eléctrico. No se oyeron los pasos. Se oyó apenas el leve crujido de una puerta y en seguida una voz cautelosa muy cerca de la red metálica: «¿Quién es?» La mujer trató de ver a través de la red metálica.

—Necesito al padre —dijo.

—Ahora está durmiendo.

—Es urgente —insistió la mujer.

Su voz tenía una tenacidad reposada.

La puerta se entreabrió sin ruido y apareció una mujer madura y regordeta, de cutis muy pálido y cabellos color hierro. Los ojos parecían demasiado pequeños detrás de los gruesos cristales de los lentes.

—Sigan —dijo, y acabó de abrir la puerta.

Entraron en una sala impregnada de un viejo olor de flores. La mujer de la casa las condujo hasta un escaño de madera y les hizo señas de que se sentaran. La niña lo hizo, pero su madre permaneció de pie, absorta, con la cartera apretada en las dos manos. No se percibía ningún ruido detrás del ventilador eléctrico.

La mujer de la casa apareció en la puerta del fondo.

—Dice que vuelvan después de las tres —dijo en voz muy baja—. Se acostó hace cinco minutos.

—El tren se va a las tres y media —dijo la mujer.

Fue una réplica breve y segura, pero la voz seguía siendo apacible, con muchos matices. La mujer de la casa sonrió por primera vez.

—Bueno —dijo.

Cuando la puerta del fondo volvió a cerrarse la mujer se sentó junto a su hija. La angosta sala de espera era pobre, ordenada y limpia. Al otro lado de una baranda de madera, que dividía la habitación había una mesa de trabajo, sencilla, con un tapete de hule, y encima de la mesa una máquina de escribir primitiva junto a un vaso con flores. Detrás estaban los archivos parroquiales. Se notaba que era un despacho arreglado por una mujer soltera.

La puerta del fondo se abrió y esta vez apareció el sacerdote limpiando los lentes con un pañuelo. Sólo cuando se los puso pareció evidente que era hermano de la mujer que había abierto la puerta.

—¿Qué se le ofrece? —preguntó.

—Las llaves del cementerio —dijo la mujer.

La niña estaba sentada con las flores en el regazo y los pies cruzados bajo el escaño. El sacerdote la miró, después miró a la mujer y después, a través de la red metálica de la ventana, el cielo brillante y sin nubes.

—Con este calor —dijo—. Han podido esperar a que bajara el sol.

La mujer movió la cabeza en silencio. El sacerdote pasó del otro lado de la baranda, extrajo del armario un cuaderno forrado de hule, un plumero de palo y un tintero, y se sentó a la mesa. El pelo que le faltaba en la cabeza le sobraba en las manos.

—¿Qué tumba van a visitar? —preguntó.

—La de Carlos Centeno —dijo la mujer.

—¿Quién?

—Carlos Centeno —repitió la mujer.

El padre siguió sin entender.

—Es el ladrón que mataron aquí la semana pasada —dijo la mujer en el mismo tono—. Yo soy su madre.

El sacerdote la escrutó. Ella lo miró fijamente, con un dominio reposado, y el padre se ruborizó. Bajó la cabeza para escribir. A medida que llenaba la hoja pedía a la mujer los datos de su identidad, y ella respondía sin vacilación, con detalles precisos, como si estuviera leyendo. El padre empezó a sudar. La niña se desabotonó la trabilla del zapato izquierdo, se descalzó el talón y lo apoyó en el contrafuerte. Hizo lo mismo con el derecho.

Todo había empezado el lunes de la semana anterior, a las tres de la madrugada y a pocas cuadras de allí. La señora Rebeca, una viuda solitaria que vivía en una casa llena de cachivaches, sintió a través del rumor de la llovizna que alguien trataba de forzar desde afuera la puerta de la calle. Se levantó, buscó a tientas en el ropero un revólver arcaico que nadie había disparado desde los tiempos del coronel Aureliano Buendía, y fue a la sala sin encender las luces. Orientándose no tanto por el ruido de la cerradura como por un terror desarrollado en ella por 28 años de soledad, localizó en la imaginación no sólo el sitio donde estaba la puerta sino la altura exacta de la cerradura. Agarró el arma con las dos manos, cerró los ojos y apretó el gatillo. Era la primera vez en su vida que disparaba un revólver. Inmediatamente después de la detonación no sintió nada más que el murmullo de la llovizna en el techo de zinc. Después percibió un golpecito metálico en el andén de cemento y una voz muy baja, apacible, pero terriblemente fatigada: «Ay, mi madre.» El hombre que amaneció muerto frente a la casa, con la nariz despedazada, vestía una franela a rayas de colores, un pantalón ordinario con una soga en lugar de cinturón, y estaba descalzo. Nadie lo conocía en el pueblo.

—De manera que se llamaba Carlos Centeno —murmuró el padre cuando acabó de escribir.

—Centeno Ayala —dijo la mujer—. Era el único varón.

El sacerdote volvió al armario. Colgadas de un clavo en el interior de la puerta había dos llaves grandes y oxidadas, como la niña imaginaba y como imaginaba la madre cuando era niña y como debió imaginar el propio sacerdote alguna vez que eran las llaves de San Pedro. Las descolgó, las puso en el cuaderno abierto sobre la baranda y mostró con el índice un lugar en la página escrita, mirando a la mujer.

—Firme aquí.

La mujer garabateó su nombre, sosteniendo la cartera bajo la axila. La niña recogió las flores, se dirigió a la baranda arrastrando los zapatos y observó atentamente a su madre.

El párroco suspiró.

—¿Nunca trató de hacerlo entrar por el buen camino?

La mujer contestó cuando acabó de firmar.

—Era un hombre muy bueno.

El sacerdote miró alternativamente a la mujer y a la niña y comprobó con una especie de piadoso estupor que no estaban a punto de llorar.

La mujer continuó inalterable:

—Yo le decía que nunca robara nada que le hiciera falta a alguien para comer, y él me hacía caso. En cambio, antes, cuando boxeaba, pasaba hasta tres días en la cama postrado por los golpes.

—Se tuvo que sacar todos los dientes —intervino la niña.

—Así es —confirmó la mujer—. Cada bocado que comía en ese tiempo me sabía a los porrazos que le daban a mi hijo los sábados a la noche.

—La voluntad de Dios es inescrutable —dijo el padre.

Pero lo dijo sin mucha convicción, en parte porque la experiencia lo había vuelto un poco escéptico, y en parte por el calor. Les recomendó que se protegieran la cabeza para evitar la insolación. Les indicó bostezando y ya casi completamente dormido, cómo debían hacer para encontrar la tumba de Carlos Centeno. Al regreso no tenían que tocar. Debían meter la llave por debajo de la puerta y poner allí mismo, si tenían, una limosna para la Iglesia. La mujer escuchó las explicaciones con mucha atención, pero dio las gracias sin sonreír.

Desde antes de abrir la puerta de la calle el padre se dio cuenta de que había alguien mirando hacia adentro, las narices aplastadas contra la red metálica. Era un grupo de niños. Cuando la puerta se abrió por completo los niños se dispersaron. A esa hora, de ordinario, no había nadie en la calle. Ahora no sólo estaban los niños. Había grupos bajo los almendros. El padre examinó la calle distorsionada por la reverberación, y entonces comprendió. Suavemente volvió a cerrar la puerta.

—Esperen un minuto —dijo, sin mirar a la mujer.

Su hermana apareció en la puerta del fondo, con una chaqueta negra sobre la camisa de dormir y el cabello suelto en los hombros. Miró al padre en silencio.

—¿Qué fue? —preguntó él.

—La gente se ha dado cuenta —murmuró su hermana.

—Es mejor que salgan por la puerta del patio —dijo el padre.

—Es lo mismo —dijo su hermana—. Todo el mundo está en las ventanas.

La mujer parecía no haber comprendido hasta entonces. Trató de ver la calle a través de la red metálica. Luego le quitó el ramo de flores a la niña y empezó a moverse hacia la puerta. La niña la siguió.

—Esperen a que baje el sol —dijo el padre.

—Se van a derretir —dijo su hermana, inmóvil en el fondo de la sala—. Espérense y les presto una sombrilla.

—Gracias —replicó la mujer—. Así vamos bien.

Tomó a la niña de la mano y salió a la calle.

UN DÍA DE ÉSTOS

(1962)

El lunes amaneció tibio y sin lluvia. Don Aurelio Escovar, dentista sin título y buen madrugador, abrió su gabinete a las seis. Sacó de la vidriera una dentadura postiza montada aún en el molde de yeso y puso sobre la mesa un puñado de instrumentos que ordenó de mayor a menor, como en una exposición. Llevaba una camisa a rayas, sin cuello, cerrada arriba con un botón dorado, y los pantalones sostenidos con cargadores elásticos. Era rígido, enjuto, con una mirada que raras veces correspondía a la situación, como la mirada de los sordos.

Cuando tuvo las cosas dispuestas sobre la mesa, rodó la fresa hacia el sillón de resortes y se sentó a pulir la dentadura postiza. Parecía no pensar en lo que hacía, pero trabajaba con obstinación, pedaleando en la fresa incluso cuando no se servía de ella.

Después de las ocho hizo una pausa para mirar el cielo por la ventana y vio dos gallinazos pensativos que se secaban al sol en el caballete de la casa vecina. Siguió trabajando con la idea de que antes del almuerzo volvería a llover. La voz destemplada de su hijo de once años lo sacó de su abstracción.

—Papá.

—Qué.

—Dice el alcalde que si le sacas una muela.

—Dile que no estoy aquí.

Estaba puliendo un diente de oro. Lo retiró a la distancia del brazo y lo examinó con los ojos a medio cerrar. En la salita de espera volvió a gritar su hijo.

—Dice que sí estás porque te está oyendo.

El dentista siguió examinando el diente. Sólo cuando lo puso en la mesa con los trabajos terminados, dijo:

—Mejor.

Volvió a operar la fresa. De una cajita de cartón donde guardaba las cosas por hacer, sacó un puente de varias piezas y empezó a pulir el oro.

—Papá.

—Qué.

Aún no había cambiado de expresión.

—Dice que si no le sacas la muela te pega un tiro.

Sin apresurarse, con un movimiento extremadamente tranquilo, dejó de pedalear en la fresa, la retiró del sillón y abrió por completo la gaveta inferior de la mesa. Allí estaba el revólver.

—Bueno —dijo—. Dile que venga a pegármelo.

Hizo girar el sillón hasta quedar de frente a la puerta, la mano apoyada en el borde de la gaveta. El alcalde apareció en el umbral. Se había afeitado la mejilla izquierda, pero en la otra, hinchada y dolorida, tenía una barba de cinco días. El dentista vio en sus ojos marchitos muchas noches de desesperación. Cerró la gaveta con la punta de los dedos y dijo suavemente.

—Siéntese.

—Buenos días —dijo el alcalde.

—Buenos —dijo el dentista.

Mientras hervían los instrumentos, el alcalde apoyó el cráneo en el cabezal de la silla y se sintió mejor. Respiraba un olor glacial. Era un gabinete pobre: una vieja silla de madera, la fresa de pedal y una vidriera con pomos de loza. Frente a la silla, una ventana con un cancel de tela hasta la altura de un hombre. Cuando sintió que el dentista se acercaba, el alcalde afirmó los talones y abrió la boca.

Don Aurelio Escovar le movió la cara hacia la luz. Después de observar la muela dañada, ajustó la mandíbula con una cautelosa presión de los dedos.

—Tiene que ser sin anestesia —dijo.

—¿Por qué?

—Porque tiene un absceso.

El alcalde lo miró a los ojos.

—Está bien —dijo, y trató de sonreír. El dentista no le correspondió. Llevó a la mesa de trabajo la cacerola con los instrumentos hervidos y los sacó del agua con unas pinzas frías, todavía sin apresurarse. Después rodó la escupidera con la punta del zapato y fue a lavarse las manos en el aguamanil. Hizo todo sin mirar al alcalde. Pero el alcalde no lo perdió de vista.

Era una cordal inferior. El dentista abrió las piernas y apretó la muela con el gatillo caliente. El alcalde se aferró a las barras de la silla, descargó toda su fuerza en los pies y sintió un vacío helado en los riñones pero no soltó un suspiro. El dentista sólo movió la muñeca. Sin rencor, más bien con una amarga ternura, dijo:

—Aquí nos paga veinte muertos, teniente.

El alcalde sintió un crujido de huesos en la mandíbula y sus ojos se llenaron de lágrimas. Pero no suspiró hasta que no sintió salir la muela. Entonces la vio a través de las lágrimas. Le pareció tan extraña a su dolor, que no pudo entender la tortura de sus cinco noches anteriores. Inclinado sobre la escupidera, sudoroso, jadeante, se desabotonó la guerrera y buscó a tientas el pañuelo en el bolsillo del pantalón. El dentista le dio un trapo limpio.

—Séquese las lágrimas —dijo.

El alcalde lo hizo. Estaba temblando. Mientras el dentista se lavaba las manos, vio el cielorraso desfondado y una telaraña polvorienta con huevos de araña e insectos muertos. El dentista regresó secándose las manos. «Acuéstese —dijo— y haga buches de agua de sal.» El alcalde se puso de pie, se despidió con un displicente saludo militar, y se dirigió a la puerta estirando las piernas, sin abotonarse la guerrera.

—Me pasa la cuenta —dijo.

—¿A usted o al municipio?

El alcalde no lo miró. Cerró la puerta, y dijo, a través de la red metálica:

—Es la misma vaina.

EN ESTE PUEBLO
NO HAY LADRONES

(1962)

Dámaso regresó al cuarto con los primeros gallos. Ana, su mujer, encinta de seis meses, lo esperaba sentada en la cama, vestida y con zapatos. La lámpara de petróleo empezaba a extinguirse. Dámaso comprendió que su mujer no había dejado de esperarlo un segundo en toda la noche, y que aún en ese momento, viéndolo frente a ella, continuaba esperando. Le hizo un gesto tranquilizador al que ella no respondió. Fijó los ojos asustados en el bulto de tela roja que él llevaba en la mano, apretó los labios y se puso a temblar. Dámaso la asió por el corpiño con una violencia silenciosa. Exhalaba un tufo agrio.

Ana se dejó levantar casi en vilo. Luego descargó todo el peso del cuerpo hacia adelante, llorando contra la franela a rayas coloradas de su marido, y lo tuvo abrazado por los riñones hasta cuando logró dominar la crisis.

—Me dormí sentada —dijo—, de pronto abrieron la puerta y te empujaron dentro del cuarto, bañado en sangre.

Dámaso la separó sin decir nada. La volvió a sentar en la cama. Después le puso el envoltorio en el regazo y salió a orinar al patio. Entonces ella soltó los nudos y vio: eran tres bolas de billar, dos blancas y una roja, sin brillo, estropeadas por los golpes.

Cuando volvió al cuarto, Dámaso la encontró en una contemplación intrigada.

—¿Y esto para qué sirve? —preguntó Ana.

Él se encogió de hombros.

—Para jugar billar.

Volvió a hacer los nudos y guardó el envoltorio, con la ganzúa improvisada, la linterna de pilas y el cuchillo, en el fondo del baúl. Ana se acostó de cara a la pared sin quitarse la ropa. Dámaso se quitó sólo los pantalones. Estirado en la cama, fumando en la oscuridad, trató de identificar algún rastro de su aventura en los susurros dispersos de la madrugada, hasta que se dio cuenta de que su mujer estaba despierta.

—¿En qué piensas?

—En nada —dijo ella.

La voz, de ordinario matizada de registros baritonales, parecía más densa por el rencor. Dámaso dio una última chupada al cigarrillo y aplastó la colilla en el piso de tierra.

—No había nada más —suspiró—. Estuve adentro como una hora.

—Han debido pegarte un tiro —dijo ella.

Dámaso se estremeció. «Maldita sea», dijo, golpeando con los nudillos el marco de madera de la cama. Buscó a tientas, en el suelo, los cigarrillos y los fósforos.

—Tienes entrañas de burro —dijo Ana—. Has debido tener en cuenta que yo estaba aquí sin poder dormir, creyendo que te traían muerto cada vez que había un ruido en la calle. —Agregó con un suspiro—. Y todo eso para salir con tres bolas de billar.

—En la gaveta no había sino veinticinco centavos.

—Entonces no has debido traer nada.

—El problema era entrar —dijo Dámaso—. No podía venirme con las manos vacías.

—Hubieras cogido cualquier otra cosa.

—No había nada más —dijo Dámaso.

—En ninguna parte hay tantas cosas como en el salón de billar.

—Así parece —dijo Dámaso—. Pero después, cuando uno está allá dentro, se pone a mirar las cosas y a registrar por todos lados y se da cuenta de que no hay nada que sirva.

Ella hizo un largo silencio. Dámaso la imaginó con los ojos abiertos, tratando de encontrar algún objeto de valor en la oscuridad de la memoria.

—Tal vez —dijo.

Dámaso volvió a fumar. El alcohol lo abandonaba en ondas concéntricas y él asumía de nuevo el peso, el volumen y la responsabilidad de su cuerpo.

—Había un gato allá adentro —dijo—. Un enorme gato blanco.

Ana se volteó, apoyó el vientre abultado contra el vientre de su marido, y le metió la pierna entre las rodillas. Olía a cebolla.

—¿Estabas muy asustado?

—¿Yo?

—Tú —dijo Ana—. Dicen que los hombres también se asustan.

Él la sintió sonreír, y sonrió.

—Un poco —dijo—. No podía aguantar las ganas de orinar.

Se dejó besar sin corresponder. Luego, consciente de los riesgos pero sin arrepentimiento, como evocando los recuerdos de un viaje, le contó los pormenores de su aventura.

Ella habló después de un largo silencio.

—Fue una locura.

—Todo es cuestión de empezar —dijo Dámaso, cerrando los ojos—. Además, para ser la primera vez la cosa no salió tan mal.

El sol calentó tarde. Cuando Dámaso despertó, hacía rato que su mujer estaba levantada. Metió la cabeza en el chorro del patio y la tuvo allí varios minutos, hasta que acabó de despertar. El cuarto formaba parte de una galería de habitaciones iguales e independientes, con un patio común atravesado por alambres de secar ropa. Contra la pared posterior, separados del patio por un tabique de lata, Ana, había instalado un anafe para cocinar y calentar las planchas, y una mesita para comer y planchar. Cuando vio acercarse a su marido puso a un lado la ropa planchada y quitó las planchas de hierro del anafe para calentar el café. Era mayor que él, de piel muy pálida, y sus movimientos tenían esa suave eficacia de la gente acostumbrada a la realidad.

Desde la niebla de su dolor de cabeza, Dámaso comprendió que su mujer quería decirle algo con la mirada. Hasta entonces no había puesto atención a las voces del patio.

—No han hablado de otra cosa en toda la mañana —murmuró Ana, sirviéndole el café—. Los hombres se fueron para allá desde hace rato.

Dámaso comprobó que los hombres y los niños habían desaparecido del patio. Mientras tomaba el café, siguió en silencio la conversación de las mujeres que colgaban la ropa al sol. Al final encendió un cigarrillo y salió de la cocina.

—Teresa —llamó.

Una muchacha con la ropa mojada, adherida al cuerpo, respondió al llamado.

—Ten cuidado —dijo Ana. La muchacha se acercó.

—¿Qué es lo que pasa? —preguntó Dámaso.

—Que se metieron en el salón de billar y cargaron con todo —dijo la muchacha.

Parecía minuciosamente informada. Explicó cómo desmantelaron el establecimiento, pieza por pieza, hasta llevarse la mesa del billar. Hablaba con tanta convicción que Dámaso no pudo creer que no fuera cierto.

—Mierda —dijo, de regreso a la cocina.

Ana se puso a cantar entre dientes. Dámaso recostó un asiento contra la pared del patio, procurando reprimir la ansiedad. Tres meses antes, cuando cumplió 20 años, el bigote lineal, cultivado no sólo con un secreto espíritu de sacrificio sino también con cierta ternura, puso un toque de madurez en su rostro petrificado por la viruela. Desde entonces se sintió adulto. Pero aquella mañana, con los recuerdos de la noche anterior flotando en la ciénaga de su dolor de cabeza, no encontraba por dónde empezar a vivir.

Cuando acabó de planchar, Ana repartió la ropa limpia en dos bultos iguales y se dispuso a salir a la calle.

—No te demores —dijo Dámaso.

—Como siempre.

La siguió hasta el cuarto.

—Ahí te dejo la camisa de cuadros —dijo Ana—. Es mejor que no te vuelvas a poner la franela. —Se enfrentó a los diáfanos ojos de gato de su marido—. No sabemos si alguien te vio.

Dámaso se secó en el pantalón el sudor de las manos.

—No me vio nadie.

—No sabemos —repitió Ana. Cargaba un bulto de ropa en cada brazo—. Además, es mejor que no salgas. Espera primero que yo dé una vueltecita por allá, como quien no quiere la cosa.

No se hablaba de nada distinto en el pueblo. Ana tuvo que escuchar varias veces, en versiones diferentes y contradictorias, los pormenores del mismo episodio. Cuando acabó de repartir la ropa, en vez de ir al mercado como todos los sábados, fue directamente a la plaza.

No encontró frente al salón de billar tanta gente como imaginaba. Algunos hombres conversaban a la sombra de los almendros. Los sirios habían guardado sus trapos de colores para almorzar, y los almacenes parecían cabecear bajo los toldos de lona. Un hombre dormía desparramado en un mecedor, con la boca y las piernas y los brazos abiertos, en la sala del hotel. Todo estaba paralizado en el calor de las doce.

Ana siguió de largo por el salón de billar, y al pasar por el solar baldío situado frente al puerto se encontró con la multitud. Entonces recordó algo que Dámaso le había contado, que todo el mundo sabía pero que sólo los clientes del establecimiento podían tener presente: la puerta posterior del salón de billar daba al solar baldío. Un momento después, protegiéndose el vientre con los brazos, se encontró confundida con la multitud, los ojos fijos en la puerta violada. El candado estaba intacto, pero una de las argollas había sido arrancada como una muela. Ana contempló por un momento los estragos de aquel trabajo solitario y modesto, y pensó en su marido con un sentimiento de piedad.

—¿Quién fue?

No se atrevió a mirar en torno suyo.

—No se sabe —le respondieron—. Dicen que fue un forastero.

—Tuvo que ser —dijo una mujer a sus espaldas—. En este pueblo no hay ladrones. Todo el mundo conoce a todo el mundo.

Ana volvió la cabeza.

—Así es —dijo sonriendo. Estaba empapada en sudor. A su lado había un hombre muy viejo con arrugas profundas en la nuca.

—¿Cargaron con todo? —preguntó ella.

—Doscientos pesos y las bolas de billar —dijo el viejo. La examinó con una atención fuera de lugar—. Dentro de poco habrá que dormir con los ojos abiertos.

Ana apartó la mirada.

—Así es —volvió a decir. Se puso un trapo

en la cabeza, alejándose, sin poder sortear la impresión de que el viejo la seguía mirando.

Durante un cuarto de hora, la multitud bloqueada en el solar observó una conducta respetuosa, como si hubiera un muerto detrás de la puerta violada. Después se agitó, giró sobre sí misma, y desembocó en la plaza.

El propietario del salón de billar estaba en la puerta, con el alcalde y dos agentes de la policía. Bajo y redondo, los pantalones sostenidos por la sola presión del estómago y con unos anteojos como los que hacen los niños, parecía investido de una dignidad extenuante.

La multitud lo rodeó. Apoyada contra la pared, Ana escuchó sus informaciones hasta que la multitud empezó a dispersarse. Después regresó al cuarto, congestionada por la sofocación, en medio de una bulliciosa manifestación de vecinos.

Estirado en la cama, Dámaso se había preguntado muchas veces cómo hizo Ana la noche anterior para esperarlo sin fumar. Cuando la vio entrar, sonriente, quitándose de la cabeza el trapo empapado en sudor, aplastó el cigarrillo casi entero en el piso de tierra, en medio de un reguero de colillas, y esperó con mayor ansiedad.

—¿Entonces?

Ana se arrodilló frente a la cama.

—Que además de ladrón eres embustero —dijo.

—¿Por qué?

—Porque me dijiste que no había nada en la gaveta.

Dámaso frunció las cejas.

—No había nada.

—Había doscientos pesos —dijo Ana.

—Es mentira —replicó él, levantando la voz. Sentado en la cama recobró el tono confidencial—. Sólo había veinticinco centavos.

La convenció.

—Es un viejo bandido —dijo Dámaso, apretando los puños—. Se está buscando que le desbarate la cara.

Ana rió con franqueza.

—No seas bruto.

También él acabó por reír. Mientras se afeitaba, su mujer lo informó de lo que había logrado averiguar. La policía buscaba un forastero.

—Dicen que llegó el jueves y que anoche lo vieron dando vueltas por el puerto —dijo—. Dicen que no han podido encontrarlo por ninguna parte. —Dámaso pensó en el forastero que no había visto nunca y por un instante sospechó de él con una convicción sincera.

—Puede ser que se haya ido —dijo Ana.

Como siempre, Dámaso necesitó tres horas para arreglarse. Primero fue la talla milimétrica del bigote. Después el baño en el chorro del patio. Ana siguió paso a paso, con un fervor que nada había quebrantado desde la noche en que lo vio por primera vez, el laborioso proceso de su peinado. Cuando lo vio mirándose al espejo para salir, con la camisa de cuadros rojos, Ana se encontró madura y desarreglada. Dámaso ejecutó frente a ella un paso de boxeo con la elasticidad de un profesional. Ella lo agarró por las muñecas.

—¿Tienes moneda?

—Soy rico —contestó Dámaso de buen humor—. Tengo los doscientos pesos.

Ana se volteó hacia la pared, sacó del seno un rollo de billetes, y le dio un peso a su marido, diciendo:

—Toma, Jorge Negrete.

Aquella noche, Dámaso estuvo en la plaza con el grupo de amigos. La gente que llegaba del campo con productos para vender en el mercado del domingo, colgaba toldos en medio de los puestos de frituras y las mesas de lotería, y desde la primera noche se les oía roncar. Los amigos de Dámaso no parecían más interesados por el robo del salón de billar que por la transmisión radial del campeonato de béisbol, que no podrían escuchar esa noche por estar cerrado el establecimiento. Hablando de béisbol, sin ponerse de acuerdo ni enterarse previamente del programa, entraron al cine.

Daban una película de Cantinflas. En la primera fila de la galería, Dámaso rió sin remordimientos. Se sentía convaleciente de sus emociones. Era una buena noche de junio, y en los instantes vacíos en que sólo se percibía la llovizna del proyector pesaba sobre el cine sin techo el silencio de las estrellas.

De pronto, las imágenes de la pantalla palidecieron y hubo un estrépito en el fondo de la platea. En la claridad repentina, Dámaso se sintió descubierto y señalado, y trató de correr. Pero en seguida vio al público de la platea, paralizado, y a un agente de la policía, el cinturón enrollado en la mano, que golpeaba rabiosamente a un hombre con la pesada hebilla de cobre. Era un negro monumental. Las mujeres empezaron a gritar, y el agente que golpeaba al negro empezó a gritar por encima de los gritos de las mujeres: «¡Ratero! ¡Ratero!» El negro se rodó por entre el reguero de sillas, perseguido por dos agentes que lo golpearon en los riñones hasta que pudieron trabarlo por la espalda. Luego el que lo había azotado le amarró los codos por detrás con la correa y los tres lo empujaron hacia la puerta. Las cosas sucedieron con tanta rapidez, que Dámaso sólo comprendió lo ocurrido cuando el negro pasó junto a él, con la camisa rota y la cara embadurnada de un amasijo de polvo, sudor y sangre, sollozando: «Asesinos, asesinos.» Después apagaron las luces y se reanudó la película.

Dámaso no volvió a reír. Vio retazos de una historia descosida, fumando sin pausas, hasta que se encendió la luz y los espectadores se miraron entre sí, como asustados de la realidad. «Qué buena», exclamó alguien a su lado. Dámaso no lo miró.

—Cantinflas es muy bueno —dijo.

La corriente lo llevó hasta la puerta. Las vendedoras de comida, cargadas de trastos, regresaban a casa. Eran más de las once, pero había mucha gente en la calle esperando a que salieran del cine para informarse de la captura del negro.

Aquella noche Dámaso entró al cuarto con tanta cautela, que cuando Ana lo advirtió entre sueños fumaba el segundo cigarrillo, estirado en la cama.

—La comida está en el rescoldo —dijo ella.

—No tengo hambre —dijo Dámaso.

Ana suspiró.

—Soñé que Nora estaba haciendo muñecos de mantequilla —dijo, todavía sin despertar. De pronto cayó en la cuenta de que había dormido sin quererlo y se volvió hacia Dámaso, ofuscada, frotándose los ojos.

—Cogieron al forastero —dijo.

Dámaso se demoró para hablar.

—¿Quién dijo?

—Lo cogieron en el cine —dijo Ana—. Todo el mundo está por aquellos lados.

Contó una versión desfigurada de la captura. Dámaso no la rectificó.

—Pobre hombre —suspiró Ana.

—Pobre por qué —protestó Dámaso, excitado—. ¿Quisieras entonces que fuera yo el que estuviera en el cepo?

Ella lo conocía demasiado para replicar. Lo sintió fumar, respirando como un asmático, hasta que cantaron los primeros gallos. Después lo sintió levantado, trasegando por el cuarto en un trabajo oscuro que parecía más del tacto que de la vista. Después lo sintió raspar el suelo debajo de la cama por más de un cuarto de hora, y después lo sintió desvestirse en la oscuridad, tratando de no hacer ruido, sin saber que ella no había dejado de ayudarlo un instante al hacerle creer que estaba dormida. Algo se movió en lo más primitivo de sus instintos. Ana sabía entonces que Dámaso estuvo en el cine, y comprendió por qué acababa de enterrar las bolas de billar debajo de la cama.

El salón se abrió el lunes y fue invadido por una clientela exaltada. La mesa de billar había sido cubierta por un paño morado que le imprimió al establecimiento un carácter funerario. Pusieron un letrero en la pared: «No hay servicio por falta de bolas.» La gente entraba a leer el letrero como si fuera una novedad. Algunos permanecían un largo rato frente a él, releyéndolo con una devoción indescifrable.

Dámaso estuvo entre los primeros clientes. Había pasado una parte de su vida en los escaños destinados a los espectadores del billar, y allí estuvo desde que volvieron a abrirse las puertas. Fue algo tan difícil pero tan momentáneo como un pésame. Le dio una palmadita en el hombro al propietario, por encima del mostrador, y le dijo:

—Qué vaina, don Roque.

El propietario sacudió la cabeza con una sonrisita de aflicción, suspirando: «Ya ves». Y siguió atendiendo la clientela, mientras Dámaso, instalado en uno de los taburetes del mostrador, contemplaba la mesa espectral bajo el sudario morado.

—Qué raro —dijo.

—Es verdad —confirmó un hombre en el taburete vecino—. Parece que estuviéramos en semana santa.

Cuando la mayoría de los clientes se fue a almorzar, Dámaso metió una moneda en el tocadiscos automático y seleccionó un corrido mexicano cuya colocación en el tablero conocía de memoria. Don Roque trasladaba mesitas y silletas al fondo del salón.

—¿Qué haces? —le preguntó Dámaso.

—Voy a poner barajas —contestó don Roque—. Hay que hacer algo mientras llegan las bolas.

Moviéndose casi a tientas, con una silla en cada brazo, parecía un viudo reciente.

—¿Cuándo llegan? —preguntó Dámaso.

—Antes de un mes, espero.

—Para entonces habrán aparecido las otras —dijo Dámaso.

Don Roque observó satisfecho la hilera de mesitas.

—No aparecerán —dijo, secándose la frente con la manga—. Tienen al negro sin comer desde el sábado y no ha querido decir dónde están.

Midió a Dámaso a través de los cristales empañados por el sudor.

—Estoy seguro que las echó al río.

Dámaso se mordisqueó los labios.

—¿Y los doscientos pesos?

—Tampoco —dijo don Roque—. Sólo le encontraron treinta.

Se miraron a los ojos. Dámaso no habría podido explicar su impresión de que aquella mirada establecía entre él y don Roque una relación de complicidad. Esa tarde, desde el lavadero, Ana lo vio llegar dando saltitos de boxeador. Lo siguió hasta el cuarto.

—Listo —dijo Dámaso—. El viejo está tan resignado que encargó bolas nuevas. Ahora es cuestión de esperar que nadie se acuerde.

—¿Y el negro?

—No es nada —dijo Dámaso, alzándose de hombros—. Si no le encuentran las bolas tienen que soltarlo.

Después de la comida, se sentaron a la puerta de la calle y estuvieron conversando con los vecinos hasta que se apagó el parlante del cine.

A la hora de acostarse, Dámaso estaba excitado.

—Se me ha ocurrido el mejor negocio del mundo —dijo.

Ana comprendió que él había molido un mismo pensamiento desde el atardecer.

—Me voy de pueblo en pueblo —continuó Dámaso—. Me robo las bolas de billar en uno y las vendo en el otro. En todos los pueblos hay un salón de billar.

—Hasta que te peguen un tiro.

—Qué tiro ni qué tiro —dijo él—. Eso no se ve sino en las películas. —Plantado en la mitad del cuarto se ahogaba en su propio entusiasmo. Ana empezó a desvestirse, en apariencia indiferente, pero en realidad oyéndolo con una atención compasiva.

—Me voy a comprar una hilera de vestidos —dijo Dámaso, y señaló con el índice un ropero imaginario del tamaño de la pared—. Desde aquí hasta allí. Y además, cincuenta pares de zapatos.

—Dios te oiga —dijo Ana.

Dámaso fijó en ella una mirada seria.

—No te interesan mis cosas —dijo.

—Están muy lejos para mí —dijo Ana. Apagó la lámpara, se acostó contra la pared, y agregó con una amargura cierta—: Cuando tú tengas treinta años yo tendré cuarenta y siete.

—No seas boba —dijo Dámaso.

Se palpó los bolsillos en busca de los fósforos.

—Tú tampoco tendrás que aporrear más

ropa —dijo, un poco desconcertado. Ana le dio fuego. Miró la llama hasta que el fósforo se extinguió, y tiró la ceniza. Estirado en la cama, Dámaso siguió hablando.

—¿Sabes de qué hacen las bolas de billar?

Ana no respondió.

—De colmillos de elefante —prosiguió él—. Son tan difíciles de encontrar que se necesita un mes para que vengan. ¿Te das cuenta?

—Duérmete —lo interrumpió Ana—. Tengo que levantarme a las cinco.

Dámaso había vuelto a su estado natural. Pasaba la mañana en la cama, fumando, y después de la siesta empezaba a arreglarse para salir. Por la noche escuchaba en el salón de billar la transmisión radial del campeonato de béisbol. Tenía la virtud de olvidar sus proyectos con tanto entusiasmo como necesitaba para concebirlos.

—¿Tienes plata? —preguntó el sábado a su mujer.

—Once pesos —respondió ella. Y agregó suavemente—: Es la plata del cuarto.

—Te propongo un negocio.

—¿Qué?

—Préstamelos.

—Hay que pagar el cuarto.

—Se paga después.

Ana sacudió la cabeza. Dámaso la agarró por la muñeca y le impidió que se levantara de la mesa, donde acababan de desayunar.

—Es por pocos días —dijo acariciándole el brazo con una ternura distraída—. Cuando venda las bolas tendremos plata para todo.

Ana no cedió. Esa noche, en el cine, Dámaso no le quitó la mano del hombro ni siquiera cuando conversó con sus amigos en el intermedio. Vieron la película a retazos. Al final, Dámaso estaba impaciente.

—Entonces tendré que robarme la plata —dijo.

Ana se encogió de hombros.

—Le daré un garrotazo al primero que encuentre —dijo Dámaso empujándola por entre la multitud que abandonaba el cine—. Así me llevarán a la cárcel por asesino.

Ana sonrió en su interior. Pero continuó, inflexible. A la mañana siguiente, después de una noche tormentosa, Dámaso se vistió con una urgencia ostensible y amenazante. Pasó junto a su mujer, gruñendo:

—No vuelvo más nunca.

Ana no pudo reprimir un ligero temblor.

—Feliz viaje —gritó.

Después del portazo empezó para Dámaso un domingo vacío e interminable. La vistosa cacharrería del mercado público y las mujeres vestidas de colores brillantes que salían con sus niños de la misa de ocho, ponían toques alegres en la plaza, pero el aire empezaba a endurecerse de calor.

Pasó el día en el salón de billar. Un grupo de hombres jugó a las cartas en la mañana y antes del almuerzo hubo una afluencia momentánea. Pero era evidente que el establecimiento había perdido su atractivo. Sólo al anochecer, cuando empezara la transmisión del béisbol, recobraría un poco de su antigua animación.

Después de que cerraron el salón, Dámaso se encontró sin rumbo en una plaza que parecía desangrarse. Descendió por la calle paralela al puerto, siguiendo el rastro de una música alegre y remota. Al final de la calle había una sala de baile enorme y escueta, adornada con guirnaldas de papel descolorido, y al fondo de la sala una banda de músicos sobre una tarima de madera. Adentro flotaba un sofocante olor a carmín de labios.

Dámaso se instaló en el mostrador. Cuando terminó la pieza, el muchacho que tocaba los platillos en la banda recogió monedas entre los hombres que habían bailado. Una muchacha abandonó su pareja en el centro del salón y se acercó a Dámaso.

—¿Qué hubo, Jorge Negrete?

Dámaso la sentó a su lado. El cantinero, empolvado y con un clavel en la oreja, preguntó en falsete:

—¿Qué toman?

La muchacha se dirigió a Dámaso.

—¿Qué tomamos?

—Nada.

—Es por cuenta mía

—No es eso —dijo Dámaso—. Tengo hambre.

—Lástima —suspiró el cantinero—. Con esos ojos.

Pasaron al comedor en el fondo de la sala. Por la forma del cuerpo la muchacha parecía excesivamente joven, pero la costra de polvos y colorete y el barniz de los labios impedían conocer su verdadera edad. Después de comer, Dámaso la siguió al cuarto, al fondo de un patio oscuro donde se sentía la respiración de los animales dormidos. La cama estaba ocupada por un niño de pocos meses envuelto en trapos de colores. La muchacha puso los trapos en una caja de madera, acostó al niño dentro, y luego puso la caja en el suelo.

—Se lo van a comer de ratones —dijo Dámaso.

—No se lo comen —dijo ella.

Se cambió el traje rojo por otro más descotado con grandes flores amarillas.

—¿Quién es el papá? —preguntó Dámaso.

—No tengo la menor idea —dijo ella. Y después, desde la puerta—: vuelvo en seguida.

La oyó cerrar el candado. Fumó varios cigarrillos, tendido boca arriba y con la ropa puesta. El lienzo de la cama vibraba al compás del mambo. No supo en qué momento se durmió. Al despertar, el cuarto parecía más grande en el vacío de la música.

La muchacha se estaba desvistiendo frente a la cama.

—¿Qué hora es?

—Como las cuatro —dijo ella—. ¿No ha llorado el niño?

—Creo que no —dijo Dámaso.

La muchacha se acostó muy cerca de él, escrutándolo con los ojos ligeramente desviados mientras le desabotonaba la camisa. Dámaso comprendió que ella había estado bebiendo en serio. Trató de apagar la lámpara.

—Déjala así —dijo ella—. Me encanta mirarte los ojos.

El cuarto se llenó de ruidos rurales desde el amanecer. El niño lloró. La muchacha lo llevó a la cama y le dio de mamar, cantando entre dientes una canción de tres notas, hasta que todos se durmieron. Dámaso no se dio cuenta de que la muchacha despertó hacia las siete, salió del cuarto y regresó sin el niño.

—Todo el mundo se va para el puerto —dijo.

Dámaso tuvo la sensación de no haber dormido más de una hora en toda la noche.

—¿A qué?

—A ver al negro que se robó las bolas —dijo ella—. Hoy se lo llevan.

Dámaso encendió su cigarrillo.

—Pobre hombre —suspiró la muchacha.

—Pobre por qué —dijo Dámaso—. Nadie lo obligó a ser ratero.

La muchacha pensó un momento con la cabeza apoyada en su pecho. Dijo en voz muy baja:

—No fue él.

—¿Quién dijo?

—Yo lo sé —dijo ella—. La noche que se metieron en el salón de billar el negro estaba con Gloria, y pasó todo el día siguiente en su cuarto hasta por la noche. Después vinieron diciendo que lo habían cogido en el cine.

—Gloria se lo puede decir a la policía.

—El negro se lo dijo —dijo ella—. El alcalde vino donde Gloria, volteó el cuarto al derecho y al revés, y dijo que la iba a llevar a la cárcel por cómplice. Al fin se arregló por veinte pesos.

Dámaso se levantó antes de las ocho.

—Quédate —le dijo la muchacha—. Voy a matar una gallina para el almuerzo.

Dámaso sacudió la peinilla en la palma de la mano antes de guardársela en el bolsillo posterior del pantalón.

—No puedo —dijo, atrayendo a la muchacha por las muñecas. Ella se había lavado la cara, y era en verdad muy joven, con unos ojos grandes y negros que le daban un aire desamparado. Lo abrazó por la cintura.

—Quédate —insistió.

—¿Para siempre?

Ella se ruborizó ligeramente, y lo separó.

—Embustero —dijo.

Ana se sentía agotada aquella mañana. Pero se contagió de la excitación del pueblo. Recogió más aprisa que de costumbre la ropa para lavar esa semana, y se fue al puerto a presenciar el embarque del negro. Una multitud impaciente esperaba frente a las lanchas listas para zarpar. Allí estaba Dámaso.

Ana lo hurgó con los índices por los riñones.

—¿Qué haces aquí? —preguntó Dámaso dando un salto.

—Vine a despedirte —dijo Ana.

Dámaso golpeó con los nudillos un poste del alumbrado público.

—Maldita sea —dijo.

Después de encender el cigarrillo arrojó al río la cajetilla vacía. Ana sacó otra del corpiño y se la metió en el bolsillo de la camisa. Dámaso sonrió por primera vez.

—Eres burra —dijo.

—Ja, ja —hizo Ana.

Poco después embarcaron al negro. Lo llevaron por el medio de la plaza, las muñecas amarradas a la espalda con una soga tirada por un agente de la policía. Otros dos agentes armados de fusiles caminaban a su lado. Estaba sin camisa, el labio inferior partido y una ceja hinchada, como un boxeador. Esquivaba las miradas de la multitud con una dignidad pasiva. En la puerta del salón de billar, donde se había concentrado la mayor cantidad de público para participar de los dos extremos del espectáculo, el propietario lo vio pasar moviendo la cabeza en silencio. El resto de la gente lo observó con una especie de fervor.

La lancha zarpó en seguida. El negro iba en el techo, amarrado de pies y manos a un tambor de petróleo. Cuando la lancha dio la vuelta en la mitad del río y pitó por última vez, la espalda del negro lanzó un destello.

—Pobre hombre —murmuró Ana.

—Criminales —dijo alguien cerca de ella—. Un ser humano no puede aguantar tanto sol.

Dámaso localizó la voz en una mujer extraordinariamente gorda, y empezó a moverse hacia la plaza.

—Hablas mucho —susurró al oído de Ana—. Lo único que falta es que te pongas a gritar el cuento.

Ella lo acompañó hasta la puerta del billar.

—Por lo menos anda a cambiarte —le dijo al abandonarlo—. Pareces un pordiosero.

La novedad había llevado al salón una clientela alborotada. Tratando de atender a todos, don Roque servía a varias mesas al mismo tiempo. Dámaso esperó a que pasara junto a él.

—¿Quiere que lo ayude?

Don Roque le puso enfrente media docena de botellas de cerveza con los vasos embocados en el cuello.

—Gracias, hijo.

Dámaso llevó las botellas a la mesa. Tomó varios pedidos, y siguió trayendo y llevando botellas, hasta que la clientela se fue a almorzar. Por la madrugada, cuando volvió al cuarto, Ana comprendió que había estado bebiendo. Le cogió de la mano y se la puso en el vientre de ella.

—Tienta aquí —le dijo—. ¿No sientes?

Dámaso no dio ninguna muestra de entusiasmo.

—Ya está vivo —dijo Ana—. Se pasa la noche dándome pataditas por dentro.

Pero él no reaccionó. Concentrado en sí mismo, salió al día siguiente muy temprano y no volvió hasta la medianoche. Así transcurrió la semana. En los escasos momentos que pasaba en la casa, fumando acostado, esquivaba la conversación. Ana extremó su solicitud. En cierta ocasión, al principio de su vida en común, él se había comportado de igual modo, y entonces ella no lo conocía tanto como para no intervenir. Acaballado sobre ella en la cama, Dámaso la había golpeado hasta hacerla sangrar.

Esta vez esperó. Por la noche ponía junto a la lámpara una cajetilla de cigarrillos, sabiendo que él era capaz de soportar el hambre y la sed, pero no la necesidad de fumar. Por fin, a mediados de julio, Dámaso regresó al cuarto al atardecer. Ana se inquietó, pensando que él debía estar muy aturdido cuando venía a buscarla a esa hora. Comieron sin hablar. Pero antes de acostarse, Dámaso estaba ofuscado y blando, y dijo espontáneamente:

—Me quiero ir.

—¿Para dónde?

—Para cualquier parte.

Ana examinó el cuarto. Las carátulas de revistas que ella misma había recortado y pegado en las paredes hasta empapelarlas por completo con litografías de actores de cine, estaban gastadas y sin color. Había perdido la cuenta de los hombres que paulatinamente, de tanto mirarlos desde la cama, se habían ido llevando esos colores.

—Estás aburrido conmigo —dijo.

—No es eso —dijo Dámaso—. Es este pueblo.

—Es un pueblo como todos.

—No se pueden vender las bolas —dijo Dámaso.

—Deja esas bolas tranquilas —dijo Ana—. Mientras Dios me dé fuerzas para aporrear ropa no tendrás que andar aventurando. —Y agregó suavemente después de una pausa—: No sé cómo se te ocurrió meterte en eso.

Dámaso terminó el cigarrillo antes de hablar.

—Eran tan fácil que no me explico cómo no se le ocurrió a nadie —dijo.

—Por la plata —admitió Ana—. Pero nadie hubiera sido tan bruto de traerse las bolas.

—Fue sin pensarlo —dijo Dámaso—. Ya me venía cuando las vi detrás del mostrador, metidas en su cajita, y pensé que todo eso era mucho trabajo para venirme con las manos vacías.

—La mala hora —dijo Ana.

Dámaso experimentaba una sensación de alivio.

—Y mientras tanto no llegan las nuevas —dijo—. Mandaron decir que ahora son más caras y don Roque dice que así no es negocio. —Encendió otro cigarrillo, y mientras hablaba sentía que su corazón se iba desocupando de una materia oscura.

Contó que el propietario había decidido vender la mesa del billar. No valía mucho. El paño roto por las audacias de los aprendices había sido remendado con cuadros de diferentes colores y era necesario cambiarlo por completo. Mientras tanto, los clientes del salón, que habían envejecido en torno al billar, no tenían ahora más diversión que las transmisiones del campeonato de béisbol.

—Total —concluyó Dámaso—, que sin quererlo nos tiramos al pueblo.

—Sin ninguna gracia —dijo Ana.

—La semana entrante se acaba el campeonato —dijo Dámaso.

—Y eso no es lo peor. Lo peor es el negro.

Acostada en su hombro, como en los primeros tiempos, sabía en qué estaba pensando su marido. Esperó a que terminara el cigarrillo. Después, con voz cautelosa, dijo:

—Dámaso.

—¿Qué pasa?

—Devuélvelas.

Él encendió otro cigarrillo.

—Eso es lo que estoy pensando hace días —dijo—. Pero la vaina es que no encuentro cómo.

Así que decidieron abandonar las bolas en un lugar público. Ana pensó luego que eso resolvía el problema del salón de billar, pero dejaba pendiente el del negro. La policía habría podido interpretar el hallazgo de muchos modos sin absolverlo. No descartaba tampoco el riesgo de que las bolas fueran encontradas por alguien que en vez de devolverlas se quedara con ellas para negociarlas.

—Ya que se van a hacer las cosas —concluyó Ana—, es mejor hacerlas bien hechas.

Desenterraron las bolas. Ana las envolvió en periódicos, cuidando de que el envoltorio no revelara la forma del contenido, y las guardó en el baúl.

—Es cosa de esperar una ocasión —dijo.

Pero en espera de la ocasión transcurrieron dos semanas. La noche del 20 de agosto —dos meses después del asalto—, Dámaso encontró a don Roque sentado detrás del mostrador, sacudiéndose los zancudos con un abanico de palma. Su soledad parecía más intensa con la radio apagada.

—Te lo dije —exclamó don Roque con un cierto alborozo por el pronóstico cumplido—. Esto se fue al carajo.

Dámaso puso una moneda en el tocadiscos automático. El volumen de la música y el sistema de colores del aparato le parecieron una ruidosa prueba de su lealtad. Pero tuvo la impresión de que don Roque no lo advirtió. Entonces acercó un asiento y trató de consolarlo con argumentos ofuscados que el propietario trituraba sin emoción, al compás negligente de su abanico.

—No hay nada que hacer —decía—. El campeonato de béisbol no podía durar toda la vida.

—Pero pueden aparecer las bolas.

—No aparecerán.

—El negro no pudo habérselas comido.

—La policía buscó por todas partes —dijo don Roque con una certidumbre desesperante—. Las echó al río.

—Puede suceder un milagro.

—Déjate de ilusiones, hijo —replicó don Roque—. Las desgracias son como un caracol. ¿Tú crees en los milagros?

—A veces —dijo Dámaso.

Cuando abandonó el establecimiento aún no habían salido del cine. Los diálogos enormes y rotos del parlante resonaban en el pueblo apagado, y en las pocas casas que permanecían abiertas había algo de provisional. Dámaso erró un momento por los lados del cine. Después fue al salón de baile.

La banda tocaba por un solo cliente que bailaba con dos mujeres al tiempo. Las otras, juiciosamente sentadas contra la pared, parecían a la espera de una carta. Dámaso ocupó una mesa, hizo señal al cantinero de que le sirviera una cerveza, y la bebió en la botella con breves pausas para respirar, observando como a través de un vidrio al hombre que bailaba con las dos mujeres. Era más pequeño que ellas.

A la medianoche llegaron las mujeres que estaban en el cine, perseguidas por un grupo de hombres. La amiga de Dámaso, que hacía parte del grupo, abandonó a los otros y se sentó a su mesa.

Dámaso no la miró. Se había tomado media docena de cervezas y continuaba con la vista fija en el hombre que ahora bailaba con tres mujeres, pero sin ocuparse de ellas, divertido con las filigranas de sus propios pies. Parecía feliz, y era evidente que habría sido aún más feliz si además de las piernas y los brazos hubiera tenido una cola.

—No me gusta ese tipo —dijo Dámaso.

—Entonces no lo mires —dijo la muchacha.

Pidió un trago al cantinero. La pista comenzó a llenarse de parejas, pero el hombre de las tres mujeres siguió sintiéndose solo en el salón. En una vuelta se encontró con la mirada de Dámaso, imprimió mayor dinamismo a su baile, y le mostró en una sonrisa sus dientecillos de conejo. Dámaso sostuvo la mirada sin parpadear, hasta que el hombre se puso serio y le volvió la espalda.

—Se cree muy alegre —dijo Dámaso.

—Es muy alegre —dijo la muchacha—. Siempre que viene al pueblo coge la música por su cuenta, como todos los agentes viajeros.

Dámaso volvió hacia ella los ojos desviados.

—Entonces vete con él —dijo—. Donde comen tres comen cuatro.

Sin replicar, ella apartó la cara hacia la pista de baile, tomando el trago a sorbos lentos. El traje amarillo pálido acentuaba su timidez.

Bailaron la tanda siguiente. Al final, Dámaso estaba denso.

—Me estoy muriendo de hambre —dijo la muchacha, llevándolo por el brazo hacia el mostrador—. Tú también tienes que comer. —El hombre alegre venía con las tres mujeres en sentido contrario.

—Oiga —le dijo Dámaso.

El hombre le sonrió sin detenerse. Dámaso se soltó del brazo de su compañera y le cerró el paso.

—No me gustan sus dientes.

El hombre palideció, pero seguía sonriendo.

—A mí tampoco —dijo.

Antes de que la muchacha pudiera impedirlo, Dámaso le descargó un puñetazo en la cara y el hombre cayó sentado en el centro de la pista. Ningún cliente intervino. Las tres mujeres abrazaron a Dámaso por la cintura, gritando, mientras su compañera lo empujaba hacia el fondo del salón. El hombre se incorporaba con la cara descompuesta por la impresión. Saltó como un mono en el centro de la pista y gritó:

—¡Que siga la música!

Hacia la dos, el salón estaba casi vacío, y las mujeres sin clientes empezaron a comer. Hacía calor. La muchacha llevó a la mesa un plato de arroz con fríjoles y carne frita, y comió todo con una cuchara. Dámaso la miraba con una especie de estupor. Ella tendió hacia él una cucharada de arroz.

—Abre la boca.

Dámaso apoyó el mentón en el pecho y sacudió la cabeza.

—Eso es para las mujeres —dijo—. Los machos no comemos.

Tuvo que apoyar las manos en la mesa para levantarse. Cuando recobró el equilibrio el cantinero estaba cruzado de brazos frente a él.

—Son nueve con ochenta —dijo—. Este convento no es del gobierno.

Dámaso lo apartó.

—No me gustan los maricas —dijo.

El cantinero lo agarró por la manga, pero a una señal de la muchacha lo dejó pasar, diciendo:

—Pues no sabes lo que te pierdes.

Dámaso salió dando tumbos. El brillo misterioso del río bajo la luna abrió una hendija de lucidez en su cerebro. Pero se cerró en seguida. Cuando vio la puerta de su cuarto, al otro lado del pueblo, Dámaso tuvo la certidumbre de haber dormido caminando. Sacudió la cabeza. De un modo confuso pero urgente se dio cuenta de que a partir de ese instante tenía que vigilar cada uno de sus movimientos. Empujó la puerta con cuidado para impedir que crujieran los goznes.

Ana lo sintió registrando el baúl. Se volteó contra la pared para evitar la luz de la lámpara, pero luego se dio cuenta de que su marido no se estaba desvistiendo. Un golpe de clarividencia la sentó en la cama. Dámaso estaba junto al baúl, con el envoltorio de las bolas y la linterna en la mano.

Se puso el índice en los labios.

Ana saltó de la cama. «Estás loco», susurró corriendo hacia la puerta. Rápidamente pasó la tranca. Dámaso se guardó la linterna en el bolsillo del pantalón junto con el cuchillito y la lima afilada, y avanzó hacia ella con el envoltorio apretado bajo el brazo. Ana apoyó la espalda contra la puerta.

—De aquí no sales mientras yo esté viva —murmuró.

Dámaso trató de apartarla.

—Quítate —dijo.

Ana se agarró con las dos manos al marco de la puerta. Se miraron a los ojos sin parpadear.

—Eres un burro —murmuró Ana—. Lo que Dios te dio en ojos te lo quitó en sesos.

Dámaso la agarró por el cabello, torció la muñeca y le hizo bajar la cabeza, diciendo con los dientes apretados:

—Te dije que te quitaras.

Ana lo miró de lado con el ojo torcido como el de un buey bajo el yugo. Por un momento se sintió invulnerable al dolor, y más fuerte que su marido, pero él siguió torciéndole el cabello hasta que se le atragantaron las lágrimas.

—Me vas a matar el muchacho en la barriga —dijo.

Dámaso la llevó casi en vilo hasta la cama. Al sentirse libre, ella le saltó por la espalda, lo trabó con las piernas y los brazos, y ambos cayeron en la cama. Habían empezado a perder fuerzas por la sofocación.

—Grito —susurró Ana contra su oído—. Si te mueves me pongo a gritar.

Dámaso bufó en una cólera sorda, golpeándole las rodillas con el envoltorio de las bolas. Ana lanzó un quejido y aflojó las piernas, pero volvió a abrazarse a su cintura para impedirle que llegara a la puerta. Entonces empezó a suplicar.

—Te prometo que yo misma las llevo mañana —decía—. Las pondré sin que nadie se dé cuenta.

Cada vez más cerca de la puerta, Dámaso le golpeaba las manos con las bolas. Ella lo soltaba por momentos mientras pasaba el dolor. Después lo abrazaba de nuevo y seguía suplicando.

—Puedo decir que fui yo —decía—. Así como estoy no pueden meterme en el cepo.

Dámaso se liberó.

—Te va a ver todo el pueblo —dijo Ana—. Eres tan bruto que no te das cuenta de que hay luna clara. —Volvió a abrazarlo antes de que acabara de quitar la tranca. Entonces, con los ojos cerrados, lo golpeó en el cuello y en la cara, casi gritando: «Animal, animal.» Dámaso trató de protegerse, y ella se abrazó a la tranca y se la arrebató de las manos. Le lanzó un golpe a la cabeza. Dámaso lo esquivó, y la tranca sonó en el hueso de su hombro como un cristal.

—Puta —gritó.

En ese momento no se preocupaba por no hacer ruido. La golpeó en la oreja con el revés del puño, y sintió el quejido profundo y el denso impacto del cuerpo contra la pared, pero no miró. Salió del cuarto sin cerrar la puerta.

Ana permaneció en el suelo, aturdida por el

dolor, y esperó a que algo ocurriera en su vientre. Del otro lado de la pared la llamaron con una voz que parecía de una persona enterrada. Se mordió los labios para no llorar. Después se puso en pie y se vistió. No pensó —como no lo había pensado la primera vez— que Dámaso estaba aún frente al cuarto, diciéndose que el plan había fracasado, y en espera de que ella saliera dando gritos. Pero Ana cometió el mismo error por segunda vez: en lugar de perseguir a su marido, se puso los zapatos, ajustó la puerta y se sentó en la cama a esperar.

Sólo cuando se ajustó la puerta comprendió Dámaso que no podía retroceder. Un alboroto de perros lo persiguió hasta el final de la calle, pero después hubo un silencio espectral. Eludió los andenes, tratando de escapar a sus propios pasos, que sonaban grandes y ajenos en el pueblo dormido. No tuvo ninguna precaución mientras no estuvo en el solar baldío, frente a la puerta falsa del salón de billar.

Esta vez no tuvo que servirse de la linterna. La puerta sólo había sido reforzada en el sitio de la argolla violada. Habían sacado un pedazo de madera del tamaño y la forma de un ladrillo, lo habían reemplazado por madera nueva, y habían vuelto a poner la misma argolla. El resto era igual. Dámaso tiró del candado con la mano izquierda, metió el cabo de la lima en la raíz de la argolla que no había sido reforzada, y movió la lima varias veces como una barra de automóvil, con fuerza pero sin violencia, hasta cuando la madera cedió en una quejumbrosa explosión de migajas podridas. Antes de empujar la puerta levantó la hoja desnivelada para amortiguar el rozamiento en los ladrillos del piso. La entreabrió apenas. Por último se quitó los zapatos, los deslizó en el interior junto con el paquete de las bolas, y entró santiguándose en el salón anegado de luna.

En primer término había un callejón oscuro atiborrado de botellas y cajones vacíos. Más allá, bajo el chorro de luna de la claraboya vidriada, estaba la mesa de billar, y luego el revés de los armarios, y al final las mesitas y las sillas parapetadas contra el revés de la puerta principal. Todo era igual a la primera vez, salvo el chorro de luna y la nitidez del silencio. Dámaso, que hasta ese momento había tenido que sobreponerse a la tensión de los nervios, experimentó una rara fascinación.

Esta vez no se cuidó de los ladrillos sueltos. Ajustó la puerta con los zapatos, y después de atravesar el chorro de luna encendió la linterna para buscar la cajita de las bolas detrás del mostrador. Actuaba sin prevención. Moviendo la linterna de izquierda a derecha vio un montón de frascos polvorientos, un par de estribos con espuelas, una camisa enrollada y sucia de aceite de motor, y luego la cajita de las bolas en el mismo lugar en que la había dejado. Pero no detuvo el haz de luz hasta el final. Allí estaba el gato.

El animal lo miró sin misterio a través de la luz. Dámaso lo siguió enfocando hasta que recordó con un ligero escalofrío que nunca lo había visto en el salón durante el día. Movió la linterna hacia adelante, diciendo: «Zape», pero el animal permaneció impasible. Entonces hubo una especie de detonación silenciosa dentro de su cabeza y el gato desapareció por completo de su memoria. Cuando comprendió lo que estaba pasando, ya había soltado la linterna y apretaba el paquete de las bolas contra el pecho. El salón estaba iluminado.

—¡Epa!

Reconoció la voz de don Roque. Se enderezó lentamente, sintiendo un cansancio terrible en los riñones. Don Roque avanzaba desde el fondo del salón, en calzoncillos y con una barra de hierro en la mano, todavía ofuscado por la claridad. Había una hamaca colgada detrás de las botellas y los cajones vacíos, muy cerca de donde había pasado Dámaso al entrar. También eso era distinto a la primera vez.

Cuando estuvo a menos de diez metros, don Roque dio un saltito y se puso en guardia. Dámaso escondió la mano con el paquete. Don Roque frunció la nariz, avanzando la cabeza, para reconocerlo sin los anteojos.

—Muchacho —exclamó.

Dámaso sintió como si algo infinito hubiera por fin terminado. Don Roque bajó la barra y se acercó con la boca abierta. Sin lentes y sin la dentadura postiza parecía una mujer.

—¿Qué haces aquí?

—Nada —dijo Dámaso.

Cambió de posición con un imperceptible movimiento del cuerpo.

—¿Qué llevas ahí? —preguntó don Roque.

Dámaso retrocedió.

—Nada —dijo.

Don Roque se puso rojo y empezó a temblar.

—¿Qué llevas ahí? —gritó, dando un paso hacia adelante con la barra levantada. Dámaso le dio el paquete. Don Roque lo recibió con la mano izquierda, sin descuidar la guardia, y lo examinó con los dedos. Sólo entonces comprendió.

—No puede ser —dijo.

Estaba tan perplejo, que puso la barra sobre el mostrador y pareció olvidarse de Dámaso mientras abría el paquete. Contempló las bolas en silencio.

—Venía a ponerlas otra vez —dijo Dámaso.

—Por supuesto —dijo don Roque.

Dámaso estaba lívido. El alcohol lo había abandonado por completo, y sólo le quedaba un sedimento terroso en la lengua y una confusa sensación de soledad.

—Así que éste era el milagro —dijo don Roque, cerrando el paquete—. No puedo creer que seas tan bruto.

Cuando levantó la cabeza había cambiado de expresión.

—¿Y los doscientos pesos?

—No había nada en la gaveta —dijo Dámaso.

Don Roque lo miró pensativo, masticando en el vacío, y después sonrió.

—No había nada —repitió varias veces—. De manera que no había nada.

Volvió a agarrar la barra, diciendo:

—Pues ahora mismo le vamos a echar ese cuento al alcalde.

Dámaso se secó en los pantalones el sudor de las manos.

—Usted sabe que no había nada.

Don Roque siguió sonriendo.

—Había doscientos pesos —dijo—. Y ahora te los van a sacar del pellejo, no tanto por ratero como por bruto.

LA PRODIGIOSA TARDE
DE BALTAZAR

(1962)

La jaula estaba terminada. Baltazar la colgó en el alero, por la fuerza de la costumbre, y cuando acabó de almorzar ya se decía por todos lados que era la jaula más bella del mundo. Tanta gente vino a verla, que se formó un tumulto frente a la casa, y Baltazar tuvo que descolgarla y cerrar la carpintería.

—Tienes que afeitarte —le dijo Úrsula, su mujer—. Pareces un capuchino.

—Es malo afeitarse después del almuerzo —dijo Baltazar.

Tenía una barba de dos semanas, un cabello corto, duro y rapado como las crines de un mulo, y una expresión general de muchacho asustado. Pero era una expresión falsa. En febrero había cumplido 30 años, vivía con Úrsula desde hacía cuatro, sin casarse y sin tener hijos, y la vida le había dado muchos motivos para estar alerta, pero ninguno para estar asustado. Ni siquiera sabía que para algunas personas, la jaula que acababa de hacer era la más bella del mundo. Para él, acostumbrado a hacer jaulas desde niño, aquel había sido apenas un trabajo más arduo que los otros.

—Entonces repósate un rato —dijo la mujer—. Con esa barba no puedes presentarte en ninguna parte.

Mientras reposaba tuvo que abandonar la hamaca varias veces para mostrar la jaula a los vecinos. Úrsula no le había prestado atención hasta entonces. Estaba disgustada porque su marido había descuidado el trabajo de la carpintería para dedicarse por entero a la jaula, y durante dos semanas había dormido mal, dando tumbos y hablando disparates, y no había vuelto a pensar en afeitarse. Pero el disgusto se disipó ante la jaula terminada. Cuando Baltazar despertó de la siesta, ella le había planchado los pantalones y una camisa, los había puesto en un asiento junto a la hamaca, y había llevado la jaula a la mesa del comedor. La contemplaba en silencio.

—¿Cuánto vas a cobrar? —preguntó.

—No sé —contestó Baltazar—. Voy a pedir treinta pesos para ver si me dan veinte.

—Pide cincuenta —dijo Úrsula—. Te has trasnochado mucho en estos quince días. Además, es bien grande. Creo que es la jaula más grande que he visto en mi vida.

Baltazar empezó a afeitarse.

—¿Crees que me darán los cincuenta pesos?

—Eso no es nada para don Chepe Montiel, y la jaula los vale —dijo Úrsula—. Debías pedir sesenta.

La casa yacía en una penumbra sofocante. Era la primera semana de abril y el calor parecía menos soportable por el pito de las chicharras. Cuando acabó de vestirse, Baltazar abrió la puerta del patio para refrescar la casa, y un grupo de niños entró en el comedor.

La noticia se había extendido. El doctor Octavio Giraldo, un médico viejo, contento de la vida pero cansado de la profesión, pensaba en la jaula de Baltazar mientras almorzaba con su esposa inválida. En la terraza interior donde ponían la mesa en los días de calor, había muchas macetas con flores y dos jaulas con canarios.

A su esposa le gustaban los pájaros, y le gustaban tanto que odiaba a los gatos porque eran capaces de comérselos. Pensando en ella, el doctor Giraldo fue esa tarde a visitar a un enfermo, y al regreso pasó por la casa de Baltazar a conocer la jaula.

Había mucha gente en el comedor. Puesta en exhibición sobre la mesa, la enorme cúpula de alambre con tres pisos interiores, con pasadizos y compartimientos especiales para comer y dormir, y trapecios en el espacio reservado al recreo de los pájaros, parecía el modelo reducido de una gigantesca fábrica de hielo. El médico la examinó cuidadosamente, sin tocarla, pensando que en efecto aquella jaula era superior a su propio prestigio, y mucho más bella de lo que había soñado jamás para su mujer.

—Esto es una aventura de la imaginación —dijo. Buscó a Baltazar en el grupo, y agregó, fijos en él sus ojos maternales—: Hubieras sido un extraordinario arquitecto.

Baltazar se ruborizó.

—Gracias —dijo.

—Es verdad —dijo el médico. Tenía una gordura lisa y tierna como la de una mujer que fue hermosa en su juventud, y unas manos delicadas. Su voz parecía la de un cura hablando en latín—. Ni siquiera será necesario ponerle pájaros —dijo, haciendo girar la jaula frente a los ojos del público, como si la estuviera vendiendo—. Bastará con colgarla entre los árboles para que cante sola. —Volvió a ponerla en la mesa, pensó un momento, mirando la jaula, y dijo:

—Bueno, pues me la llevo.

—Está vendida —dijo Úrsula.

—Es del hijo de don Chepe Montiel —dijo Baltazar—. La mandó a hacer expresamente.

El médico asumió una actitud respetable.

—¿Te dio el modelo?

—No —dijo Baltazar—. Dijo que quería una jaula grande, como sea, para una pareja de turpiales.

El médico miró la jaula.

—Pero ésta no es para turpiales.

—Claro que sí, doctor —dijo Baltazar, acercándose a la mesa. Los niños lo rodearon—. Las medidas están bien calculadas —dijo, señalando con el índice los diferentes compartimientos. Luego golpeó la cúpula con los nudillos, y la jaula se llenó de acordes profundos.

—Es el alambre más resistente que se puede encontrar, y cada juntura está soldada por dentro y por fuera —dijo.

—Sirve hasta para un loro —intervino uno de los niños.

—Así es —dijo Baltazar.

El médico movió la cabeza.

—Bueno, pero no te dio el modelo —dijo—. No te hizo ningún encargo preciso, aparte de que fuera una jaula grande para turpiales. ¿No es así?

—Así es —dijo Baltazar.

—Entonces no hay problema —dijo el médico—. Una cosa es una jaula grande para turpiales y otra cosa es esta jaula. No hay pruebas de que sea ésta la que te mandaron hacer.

—Es esta misma —dijo Baltazar, ofuscado—. Por eso la hice.

El médico hizo un gesto de impaciencia.

—Podrías hacer otra —dijo Úrsula, mirando a su marido. Y después, hacia el médico—: Usted no tiene apuro.

—Se la prometí a mi mujer para esta tarde —dijo el médico.

—Lo siento mucho, doctor —dijo Baltazar—, pero no se puede vender una cosa que ya está vendida.

El médico se encogió de hombros. Secándose el sudor del cuello con un pañuelo, contempló la jaula en silencio, sin mover la mirada de un mismo punto indefinido, como se mira un barco que se va.

—¿Cuánto te dieron por ella?

Baltazar buscó a Úrsula sin responder.

—Sesenta pesos —dijo ella.

El médico siguió mirando la jaula.

—Es muy bonita —suspiró—. Sumamente bonita.

Luego, moviéndose hacia la puerta, empezó a abanicarse con energía, sonriente, y el recuerdo de aquel episodio desapareció para siempre de su memoria.

—Montiel es muy rico —dijo.

En verdad, José Montiel no era tan rico como parecía, pero había sido capaz de todo por llegar a serlo. A pocas cuadras de allí, en una casa atiborrada de arneses donde nunca se había sentido un olor que no se pudiera vender, permanecía indiferente a la novedad de la jaula. Su esposa, torturada por la obsesión de la muerte, cerró puertas y ventanas después del almuerzo y yació dos horas con los ojos abiertos en la penumbra del cuarto, mientras José Montiel hacía la siesta. Así la sorprendió un alboroto de muchas voces. Entonces abrió la puerta de la sala y vio un tumulto frente a la casa, y a Baltazar con la jaula en medio del tumulto, vestido de blanco y acabado de afeitar, con esa expresión de decoroso candor con que los pobres llegan a la casa de los ricos.

—Qué cosa tan maravillosa —exclamó la esposa de José Montiel, con una expresión radiante, conduciendo a Baltazar hacia el interior—. No había visto nada igual en mi vida —dijo, y agregó, indignada con la multitud que se agolpaba en la puerta—: Pero llévesela para adentro que nos van a convertir la sala en una gallera.

Baltazar no era un extraño en la casa de José Montiel. En distintas ocasiones, por su eficacia y buen cumplimiento, había sido llamado para hacer trabajos de carpintería menor. Pero nunca se sintió bien entre los ricos. Solía pensar en ellos, en sus mujeres feas y conflictivas, en sus tremendas operaciones quirúrgicas, y experimentaba siempre un sentimiento de piedad. Cuando entraba en sus casas no podía moverse sin arrastrar los pies.

—¿Está Pepe? —preguntó.

Había puesto la jaula en la mesa del comedor.

—Está en la escuela —dijo la mujer de José Montiel—. Pero ya no debe demorar. —Y agregó—: Montiel se está bañando.

En realidad José Montiel no había tenido tiempo de bañarse. Se estaba dando una urgente fricción de alcohol alcanforado para salir a ver lo que pasaba. Era un hombre tan prevenido, que dormía sin ventilador eléctrico para vigilar durante el sueño los rumores de la casa.

—Ven a ver qué cosa tan maravillosa —gritó su mujer.

José Montiel —corpulento y peludo, la toalla colgada en la nuca— se asomó por la ventana del dormitorio.

—¿Qué es eso?

—La jaula de Pepe —dijo Baltazar.

La mujer lo miró perpleja.

—¿De quién?

—De Pepe —confirmó Baltazar. Y después, dirigiéndose a José Montiel—: Pepe me la mandó a hacer.

Nada ocurrió en aquel instante, pero Baltazar se sintió como si le hubieran abierto la puerta del baño. José Montiel salió en calzoncillos del dormitorio.

—Pepe —gritó.

—No ha llegado —murmuró su esposa, inmóvil.

Pepe apareció en el vano de la puerta. Tenía

unos doce años y las mismas pestañas rizadas y el quieto patetismo de su madre.

—Ven acá —le dijo José Montiel—. ¿Tú mandaste a hacer esto?

El niño bajó la cabeza. Agarrándolo por el cabello, José Montiel lo obligó a mirarlo a los ojos.

—Contesta.

El niño se mordió los labios sin responder.

—Montiel —susurró la esposa.

José Montiel soltó al niño y se volvió hacia Baltazar con una expresión exaltada.

—Lo siento mucho, Baltazar —dijo—. Pero has debido consultarlo conmigo antes de proceder. Sólo a ti se te ocurre contratar con un menor. —A medida que hablaba, su rostro fue recobrando la serenidad. Levantó la jaula sin mirarla y se la dio a Baltazar—. Llévatela en seguida y trata de vendérsela a quien puedas —dijo—. Sobre todo, te ruego que no me discutas. —Le dio una palmadita en la espalda, y explicó—: El médico me ha prohibido coger rabia.

El niño había permanecido inmóvil, sin parpadear, hasta que Baltazar lo miró perplejo con la jaula en la mano. Entonces emitió un sonido gutural, como el ronquido de un perro, y se lanzó al suelo dando gritos.

José Montiel lo miraba impasible, mientras la madre trataba de apaciguarlo.

—No lo levantes —dijo—. Déjalo que se

rompa la cabeza contra el suelo y después le echas sal y limón para que rabie con gusto.

El niño chillaba sin lágrimas, mientras su madre lo sostenía por las muñecas.

—Déjalo —insistió José Montiel.

Baltazar observó al niño como hubiera observado la agonía de un animal contagioso. Eran casi las cuatro.

A esa hora, en su casa, Úrsula cantaba una canción muy antigua, mientras cortaba rebanadas de cebolla.

—Pepe —dijo Baltazar.

Se acercó al niño, sonriendo, y le tendió la jaula. El niño se incorporó de un salto, abrazó la jaula, que era casi tan grande como él, y se quedó mirando a Baltazar a través del tejido metálico, sin saber qué decir. No había derramado una lágrima.

—Baltazar —dijo Montiel, suavemente—. Ya te dije que te la lleves.

—Devuélvela —ordenó la mujer al niño.

—Quédate con ella —dijo Baltazar. Y luego, a José Montiel—: Al fin y al cabo, para eso la hice.

José Montiel lo persiguió hasta la sala.

—No seas tonto, Baltazar —decía, cerrándole el paso—. Llévate tu trasto para la casa y no hagas más tonterías. No pienso pagarte ni un centavo.

—No importa —dijo Baltazar—. La hice

expresamente para regalársela a Pepe. No pensaba cobrar nada.

Cuando Baltazar se abrió paso a través de los curiosos que bloqueaban la puerta, José Montiel daba gritos en el centro de la sala. Estaba muy pálido y sus ojos empezaban a enrojecer.

—Estúpido —gritaba—. Llévate tu cacharro. Lo último que faltaba es que un cualquiera venga a dar órdenes en mi casa. ¡Carajo!

En el salón de billar recibieron a Baltazar con una ovación. Hasta ese momento, pensaba que había hecho una jaula mejor que las otras, que había tenido que regalársela al hijo de José Montiel para que no siguiera llorando, y que ninguna de esas cosas tenía nada de particular.

Pero luego se dio cuenta de que todo eso tenía una cierta importancia para muchas personas, y se sintió un poco excitado.

—De manera que te dieron cincuenta pesos por la jaula.

—Sesenta —dijo Baltazar.

—Hay que hacer una raya en el cielo —dijo alguien—. Eres el único que ha logrado sacarle ese montón de plata a don Chepe Montiel. Esto hay que celebrarlo.

Le ofrecieron una cerveza, y Baltazar correspondió con una tanda para todos. Como era la primera vez que bebía, al anochecer estaba completamente borracho, y hablaba de un fabuloso proyecto de mil jaulas de a sesenta pesos, y después de un millón de jaulas hasta completar sesenta millones de pesos.

—Hay que hacer muchas cosas para vendérselas a los ricos antes que se mueran —decía, ciego de la borrachera—. Todos están enfermos y se van a morir. Cómo estarán de jodidos que ya ni siquiera pueden coger rabia.

Durante dos horas el tocadiscos automático estuvo por su cuenta tocando sin parar. Todos brindaron por la salud de Baltazar, por su suerte y su fortuna, y por la muerte de los ricos, pero a la hora de la comida lo dejaron solo en el salón.

Úrsula lo había esperado hasta las ocho, con un plato de carne frita cubierto de rebanadas de cebolla. Alguien le dijo que su marido estaba en el salón de billar, loco de felicidad, brindando cerveza a todo el mundo, pero no lo creyó porque Baltazar no se había emborrachado jamás. Cuando se acostó, casi a la medianoche, Baltazar estaba en un salón iluminado, donde había mesitas de cuatro puestos con sillas alrededor, y una pista de baile al aire libre, por donde se paseaban los alcaravanes. Tenía la cara embadurnada de colorete, y como no podía dar un paso más, pensaba que quería acostarse con dos mujeres en la misma cama. Había gastado tanto, que tuvo que dejar el reloj como garantía, con el compromiso de pagar al día siguiente. Un momento después, despatarrado por la calle, se dio cuenta de que le estaban quitando los zapatos, pero no quiso abandonar el sueño más feliz de su vida. Las mujeres que pasaron para la misa de cinco no se atrevieron a mirarlo, creyendo que estaba muerto.

LA VIUDA DE MONTIEL

(1962)

Cuando murió don José Montiel, todo el mundo se sintió vengado, menos su viuda; pero se necesitaron varias horas para que todo el mundo creyera que en verdad había muerto. Muchos lo seguían poniendo en duda después de ver el cadáver en cámara ardiente, embutido con almohadas y sábanas de lino dentro de una caja amarilla y abombada como un melón. Estaba muy bien afeitado, vestido de blanco y con botas de charol, y tenía tan buen semblante que nunca pareció tan vivo como entonces. Era el mismo don Chepe Montiel de los domingos, oyendo misa de ocho, sólo que en lugar de la fusta tenía un crucifijo entre las manos. Fue preciso que atornillaran la tapa del ataúd y que lo emparedaran en el aparatoso mausoleo familiar, para que el pueblo entero se convenciera de que no se estaba haciendo el muerto.

Después del entierro, lo único que a todos pareció increíble, menos a su viuda, fue que José Montiel hubiera muerto de muerte natural. Mientras todo el mundo esperaba que lo acribillaran por la espalda en una emboscada, su viuda estaba segura de verlo morir de viejo en su cama, confesado y sin agonía, como un santo moderno. Se equivocó apenas en algunos detalles. José Montiel murió en su hamaca, un miércoles a las dos de la tarde, a consecuencia de la rabieta que el médico le había prohibido. Pero su esposa esperaba también que todo el pueblo asistiera al entierro y que la casa fuera pequeña para recibir tantas flores. Sin embargo, sólo asistieron sus copartidarios y las congregaciones religiosas, y no se recibieron más coronas que las de la administración municipal. Su hijo —desde su puesto consular de Alemania— y sus dos hijas, desde París, mandaron telegramas de tres páginas. Se veía que los habían redactado de pie, con la tinta multitudinaria de la oficina de correos, y que habían roto muchos formularios antes de encontrar 20 dólares de palabras. Ninguno prometía regresar. Aquella noche, a los 62 años, mientras lloraba contra la almohada en que recostó la cabeza el hombre que la había hecho feliz, la viuda de Montiel conoció por primera vez el sabor de un resentimiento. «Me encerraré para siempre», pensaba. «Para mí, es como si me hubieran metido en el mismo cajón de José Montiel. No quiero saber nada más de este mundo.» Era sincera.

Aquella mujer frágil, lacerada por la superstición, casada a los 20 años por voluntad de sus padres con el único pretendiente que le permitieron ver a menos de 10 metros de distancia, no había estado nunca en contacto directo con la realidad. Tres días después de que sacaron de la casa el cadáver de su marido, comprendió a través de las lágrimas que debía reaccionar, pero no pudo encontrar el rumbo de su nueva vida. Era necesario empezar por el principio.

Entre los innumerables secretos que José Montiel se había llevado a la tumba, se fue enredada la combinación de la caja fuerte. El alcalde se ocupó del problema. Hizo poner la caja en el patio, apoyada al paredón, y dos agentes de la policía dispararon sus fusiles contra la cerradura. Durante toda una mañana, la viuda oyó desde el dormitorio las descargas cerradas y sucesivas ordenadas a gritos por el alcalde. «Esto era lo último que faltaba», pensó. «Cinco años rogando a Dios que se acaben los tiros, y ahora tengo que agradecer que disparen dentro de mi casa.» Aquel día hizo un esfuerzo de concentración, llamando a la muerte, pero nadie le respondió. Empezaba a dormirse cuando una tremenda explosión sacudió los cimientos de la casa. Habían tenido que dinamitar la caja fuerte.

La viuda de Montiel lanzó un suspiro. Octubre se eternizaba con sus lluvias pantanosas y ella se sentía perdida, navegando sin rumbo en la desordenada y fabulosa hacienda de José Montiel. El señor Carmichael, antiguo y diligente servidor de la familia, se había encargado de la administración. Cuando por fin se enfrentó al hecho concreto de que su marido había muerto, la viuda de Montiel salió del dormitorio para ocuparse de la casa. La despojó de todo ornamento, hizo forrar los muebles en colores luctuosos, y puso lazos fúnebres en los retratos del muerto que colgaban de las paredes. En dos meses de encierro había adquirido la costumbre de morderse las uñas. Un día —los ojos enrojecidos e hinchados de tanto llorar— se dio cuenta de que el señor Carmichael entraba a la casa con el paraguas abierto.

—Cierre ese paraguas, señor Carmichael —le dijo—. Después de todas las desgracias que tenemos, sólo nos faltaba que usted entrara a la casa con el paraguas abierto.

El señor Carmichael puso el paraguas en el rincón. Era un negro viejo, de piel lustrosa, vestido de blanco y con pequeñas aberturas hechas a navaja en los zapatos para aliviar la presión de los callos.

—Es sólo mientras se seca.

Por primera vez desde que murió su esposo, la viuda abrió la ventana.

—Tantas desgracias, y además este invierno —murmuró, mordiéndose las uñas—. Parece que no va a escampar nunca.

—No escampará ni hoy ni mañana —dijo el administrador—. Anoche no me dejaron dormir los callos.

Ella confiaba en las predicciones atmosféricas de los callos del señor Carmichael. Contempló la placita desolada, las casas silenciosas cuyas puertas no se abrieron para ver el entierro de José Montiel, y entonces se sintió desesperada con sus uñas, con sus tierras sin límites, y con los infinitos compromisos que heredó de su esposo y que nunca lograría comprender.

—El mundo está mal hecho —sollozó.

Quienes la visitaron por esos días tuvieron motivos para pensar que había perdido el juicio. Pero nunca fue más lúcida que entonces. Desde antes de que empezara la matanza política ella pasaba las lúgubres mañanas de octubre frente a la ventana de su cuarto, compadeciendo a los muertos y pensando que si Dios no hubiera descansado el domingo habría tenido tiempo de terminar el mundo.

—Ha debido aprovechar ese día para que no le quedaran tantas cosas mal hechas —decía—. Al fin y al cabo, le quedaba toda la eternidad para descansar.

La única diferencia, después de la muerte de su esposo, era que entonces tenía un motivo concreto para concebir pensamientos sombríos.

Así, mientras la viuda de Montiel se consumía en la desesperación, el señor Carmichael trataba de impedir el naufragio. Las cosas no marchaban bien. Libre de la amenaza de José Montiel, que monopolizaba el comercio local por el terror, el pueblo tomaba represalias. En espera de clientes que no llegaron, la leche se cortó en los cántaros amontonados en el patio, y se fermentó la miel en sus cueros, y el queso engordó gusanos en los oscuros armarios del depósito. En su mausoleo adornado con bombillas eléctricas y arcángeles en imitación de mármol, José Montiel pagaba seis años de asesinatos y tropelías. Nadie en la historia del país se había enriquecido tanto en tan poco tiempo. Cuando llegó al pueblo el primer alcalde de la dictadura, José Montiel era un discreto partidario de todos los regímenes, que se había pasado la mitad de la vida en calzoncillos sentado a la puerta de su piladora de arroz. En un tiempo disfrutó de una cierta reputación de afortunado y buen creyente, porque prometió en voz alta regalar al templo un San José de tamaño natural si se ganaba la lotería, y dos semanas después se ganó seis fracciones y cumplió su promesa. La primera vez que se le vio usar zapatos fue cuando llegó el nuevo alcalde, un sargento de la policía, zurdo y montaraz, que tenía órdenes expresas de liquidar la oposición. José Montiel empezó por ser su informador confidencial. Aquel comerciante modesto cuyo tranquilo humor de hombre gordo no despertaba la menor inquietud, discriminó a sus adversarios políticos en ricos y pobres. A los pobres los acribilló la policía en la plaza pública. A los ricos les dieron un plazo de 24 horas para abandonar el pueblo. Planificando la masacre, José Montiel se encerraba días enteros con el alcalde en su oficina sofocante, mientras su esposa se compadecía de los muertos. Cuando el alcalde abandonaba la oficina, ella le cerraba el paso a su marido.

—Ese hombre es un criminal —le decía—. Aprovecha tus influencias en el gobierno para que se lleven a esa bestia que no va a dejar un ser humano en el pueblo.

Y José Montiel, tan atareado en esos días, la apartaba sin mirarla, diciendo: «No seas pendeja.» En realidad, su negocio no era la muerte de los pobres sino la expulsión de los ricos. Después de que el alcalde les perforaba las puertas a tiros y les ponía el plazo para abandonar el pueblo, José Montiel les compraba sus tierras y ganados por un precio que él mismo se encargaba de fijar.

—No seas tonto —le decía su mujer—. Te arruinarás ayudándolos para que no se mueran de hambre en otra parte, y ellos no te lo agradecerán nunca.

Y José Montiel, que ya ni siquiera tenía tiempo de sonreír, la apartaba de su camino, diciendo:

—Vete para tu cocina y no me friegues tanto.

A ese ritmo, en menos de un año estaba liquidada la oposición, y José Montiel era el hombre más rico y poderoso del pueblo. Mandó a sus hijas para París, consiguió a su hijo un puesto consular en Alemania, y se dedicó a consolidar su imperio. Pero no alcanzó a disfrutar seis años de su desaforada riqueza.

Después de que se cumplió el primer aniversario de su muerte, la viuda no oyó crujir la escalera sino bajo el peso de una mala noticia. Alguien llegaba siempre al atardecer. «Otra vez los bandoleros», decían. «Ayer cargaron con un lote de 50 novillos.» Inmóvil en el mecedor, mordiéndose las uñas, la viuda de Montiel sólo se alimentaba de su resentimiento.

—Yo te lo decía, José Montiel —decía, hablando sola—. Este es un pueblo desagradecido. Aún estás caliente en tu tumba y ya todo el mundo nos volteó la espalda.

Nadie volvió a la casa. El único ser humano

que vio en aquellos meses interminables en que no dejó de llover, fue el perseverante señor Carmichael, que nunca entró a la casa con el paraguas cerrado. Las cosas no marchaban mejor. El señor Carmichael había escrito varias cartas al hijo de José Montiel. Le sugería la conveniencia de que viniera a ponerse al frente de los negocios, y hasta se permitió hacer algunas consideraciones personales sobre la salud de la viuda. Siempre recibió respuestas evasivas. Por último, el hijo de José Montiel contestó francamente que no se atrevía a regresar por temor de que le dieran un tiro. Entonces el señor Carmichael subió al dormitorio de la viuda y se vio precisado a confesarle que se estaba quedando en la ruina.

—Mejor —dijo ella—. Estoy hasta la coronilla de quesos y de moscas. Si usted quiere, llévese lo que le haga falta y déjeme morir tranquila.

Su único contacto con el mundo, a partir de entonces, fueron las cartas que escribía a sus hijas a fines de cada mes. «Este es un pueblo maldito», les decía. «Quédense allá para siempre y no se preocupen por mí. Yo soy feliz sabiendo que ustedes son felices.» Sus hijas se turnaban para contestarle. Sus cartas eran siempre alegres, y se veía que habían sido escritas en lugares tibios y bien iluminados y que las muchachas se veían repetidas en muchos espejos cuando se detenían a pensar. Tampoco ellas querían volver.

«Esto es la civilización», decían. «Allá, en cambio, no es un buen medio para nosotras. Es imposible vivir en un país tan salvaje donde asesinan a la gente por cuestiones políticas.» Leyendo las cartas, la viuda de Montiel se sentía mejor y aprobaba cada frase con la cabeza.

En cierta ocasión, sus hijas le hablaron de los mercados de carne de París. Le decían que mataban unos cerdos rosados y los colgaban enteros en la puerta adornados con coronas y guirnaldas de flores. Al final, una letra diferente a la de sus hijas había agregado: «Imagínate, que el clavel más grande y más bonito se lo ponen al cerdo en el culo». Leyendo aquella frase, por primera vez en dos años, la viuda de Montiel sonrió. Subió a su dormitorio sin apagar las luces de la casa, y antes de acostarse volteó el ventilador eléctrico contra la pared. Después extrajo de la gaveta de la mesa de noche unas tijeras, un cilindro de esparadrapo y el rosario, y se vendó la uña del pulgar derecho, irritada por los mordiscos. Luego empezó a rezar, pero al segundo misterio cambió el rosario a la mano izquierda, pues no sentía las cuentas a través del esparadrapo. Por un momento oyó la trepidación de los truenos remotos. Luego se quedó dormida con la cabeza doblada en el pecho. La mano con el rosario rodó por su costado, y entonces vio a la Mamá Grande en el patio con una sábana blanca y un peine en el regazo, destripando piojos con los pulgares. Le preguntó:

—¿Cuándo me voy a morir?

La Mamá Grande levantó la cabeza.

—Cuando te empiece el cansancio del brazo.

UN DÍA DESPUÉS DEL SÁBADO

(1962)

La inquietud empezó en julio, cuando la señora Rebeca, una viuda amargada que vivía en
una inmensa casa de dos corredores y nueve alcobas, descubrió que sus alambreras estaban rotas como si hubieran sido apedreadas desde la
calle. El primer descubrimiento lo hizo en su
dormitorio y pensó que debía hablar de eso con
Argénida, su sirviente y confidente desde que
murió su esposo. Después, removiendo cachivaches (pues desde hacía tiempo la señora Rebeca
no hacía nada distinto que remover cachivaches)
advirtió que no sólo las alambreras de su dormitorio, sino todas las de la casa estaban deterioradas. La viuda tenía un sentido académico de la
autoridad, heredado tal vez de su bisabuelo pa-

terno, un criollo que en la guerra de Independencia peleó al lado de los realistas e hizo después un penoso viaje a España con el propósito exclusivo de visitar el palacio que construyó Carlos III en San Ildefonso. De manera que cuando descubrió el estado de las otras alambreras, no pensó ya en hablar con Argénida sino que se puso el sombrero de paja con minúsculas flores de terciopelo y se dirigió a la alcaldía a dar cuenta del atentado. Pero al llegar allí, vio que el mismo alcalde, sin camisa, peludo y con una solidez que a ella le pareció bestial, se ocupaba de reparar las alambreras municipales, deterioradas como las suyas.

La señora Rebeca irrumpió en la sórdida y revuelta oficina y lo primero que vio fue un montón de pájaros muertos sobre el escritorio. Pero estaba ofuscada, en parte por el calor y en parte por la indignación que le produjo la ruina de las alambreras. De manera que no tuvo tiempo de estremecerse ante el inusitado espectáculo de los pájaros muertos sobre el escritorio. Ni siquiera le escandalizó la evidencia de la autoridad degradada a lo alto de una escalera, reparando las redes metálicas de la ventana con un rollo de alambre y un destornillador. Ella no pensaba ahora en otra dignidad que en la suya propia, escarnecida en sus alambreras, y su ofuscación le impidió incluso relacionar las ventanas de su casa con las de la alcaldía. Se plantó con discreta solemnidad a dos pasos de la puerta, en el interior de la oficina, y apoyada en el largo y guarnecido mango de su sombrilla, dijo:

—Necesito poner una queja.

Desde el tope de la escalera, el alcalde volvió el rostro congestionado por el calor. No manifestó emoción alguna ante la presencia insólita de la viuda en su despacho. Con sombría negligencia siguió desprendiendo la red estropeada y preguntó desde arriba:

—¿Qué es la cosa?

—Que los muchachos del vecindario rompieron las alambreras.

Entonces el alcalde volvió a mirarla. La examinó laboriosamente desde las primorosas florecillas de terciopelo hasta los zapatos color de plata antigua, y fue como si la hubiera visto por la primera vez en su vida. Descendió parsimoniosamente, sin dejar de mirarla, y cuando pisó tierra firme apoyó una mano en la cintura y movió el destornillador hasta el escritorio. Dijo:

—No son los muchachos, señora. Son los pájaros.

Y entonces fue cuando ella relacionó los pájaros muertos sobre el escritorio con el hombre subido a la escalera y con las estropeadas redes de sus alcobas. Se estremeció, al imaginar que todos los dormitorios de su casa estaban llenos de pájaros muertos.

—Los pájaros —exclamó.

—Los pájaros —confirmó el alcalde—. Es extraño que no se haya dado cuenta si hace tres días que estamos con este problema de los pájaros rompiendo ventanas para morirse dentro de las casas.

Cuando abandonó la alcaldía, la señora Rebeca se sentía avergonzada. Y un poco resentida con Argénida que arrastraba hasta su casa todos los rumores del pueblo y que sin embargo no le había hablado de los pájaros. Desplegó la sombrilla, deslumbrada por el brillo de un agosto inminente, y mientras caminaba por la calle abrasante y desierta, tuvo la impresión de que las alcobas de todas las casas exhalaban un fuerte y penetrante tufo de pájaros muertos.

Esto era en los últimos días de julio, y nunca en la vida del pueblo había hecho tanto calor. Pero sus habitantes no se dieron cuenta de eso, impresionados por la mortandad de los pájaros. Aunque el extraño fenómeno no había influido seriamente en las actividades del pueblo, la mayoría estaba pendiente de él a principios de agosto. Una mayoría en la que no se contaba su reverencia, Antonio Isabel del Santísimo Sacramento del Altar Castañeda y Montero, el manso pastor de la parroquia que a los noventa y cuatro años de edad aseguraba haber visto al diablo en tres ocasiones, y que sin embargo sólo había visto dos pájaros muertos sin atribuirles la menor importancia. El primero lo encontró un martes en la sacristía, después de la misa, y pensó que había llegado hasta ese lugar arrastrado por algún gato del vecindario. El otro lo encontró el miércoles en el corredor de la casa cural y lo empujó con la punta de la bota hasta la calle, pensando: «No debían existir los gatos.»

Pero el viernes, al llegar a la estación del ferrocarril, encontró un tercer pájaro muerto en el escaño que eligió para sentarse. Fue como un relámpago en su interior, cuando agarró el cadáver por las patitas, lo alzó hasta el nivel de sus ojos, lo volteó, lo examinó, y pensó sobresaltado: «Caramba, es el tercero que encuentro en esta semana.» Desde ese instante empezó a darse cuenta de lo que estaba ocurriendo en el pueblo, pero de una manera muy imprecisa, pues el padre Antonio Isabel, en parte por la edad y en parte también porque aseguraba haber visto al diablo en tres ocasiones (cosa que al pueblo le parecía un tanto dislocada), era considerado por sus feligreses como un buen hombre, pacífico y servicial, pero que andaba habitualmente por las nebulosas. Pues se dio cuenta de que algo ocurría a los pájaros, pero incluso entonces no creyó que aquello fuera tan importante como para que mereciera un sermón. Él fue el primero que sintió el olor. Lo sintió en la noche del viernes, cuando despertó alarmado, interrumpido su liviano sueño por una tufarada nauseabunda, pero no supo si atribuirlo a una pesadilla o a un nuevo y original recurso satánico para perturbar su sueño. Olfateó a su alrededor y se dio vuelta en la cama, pensando que aquella experiencia podría servirle para un sermón. Podría ser, pensó, un dramático sermón sobre la habilidad de Satán para filtrarse en el corazón humano por cualquiera de los cinco sentidos.

Cuando se paseaba por el atrio al día siguiente antes de la misa, oyó hablar por primera vez de los pájaros muertos. Estaba pensando en el sermón, en Satanás y en los pecados que pueden cometerse por el sentido del olfato, cuando oyó decir que el mal olor nocturno era de los pájaros recolectados durante la semana; y se le formó en la cabeza un confuso revoltijo de prevenciones evangélicas, de malos olores y de pájaros muertos. De manera que el domingo tuvo que improvisar sobre la caridad una parrafada que él mismo no entendió muy a las claras, y se olvidó para siempre de las relaciones entre el diablo y los cinco sentidos.

Sin embargo, en algún sitio muy remoto de su pensamiento debieron de quedar agazapadas aquellas experiencias. Eso le ocurría siempre, no sólo en el seminario hacía ya más de 70 años, sino de manera muy particular después de que cumplió los 90. En el seminario, una tarde muy clara en que caía un fuerte aguacero sin tormenta, él leía un trozo de Sófocles en su idioma original. Cuando acabó de llover miró a través de la ventana el campo fatigado, la tarde lavada y nueva, y se olvidó enteramente del teatro griego y de los clásicos que él no diferenciaba sino que llamaba, de manera general, «los ancianitos de antes». Una tarde sin lluvia, acaso treinta, cuarenta años después, atravesaba la plaza empedrada de un pueblo, al que había ido de visita, y sin proponérselo recitó la estrofa de Sófocles que leía en el seminario. Esa misma semana, conversó largamente sobre «los ancianitos de antes» con el vicario apostólico, un anciano locuaz e impresionable, aficionado a unos complejos acertijos para eruditos que él debía haber inventado y que se popularizaron años después con el nombre de crucigramas.

Aquella entrevista le permitió recoger de un golpe todo su viejo y entrañable amor por los clásicos griegos. En la Navidad de ese año recibió una carta. Y de no haber sido porque ya para esa época había adquirido el sólido prestigio de ser exageradamente imaginativo, intrépido para la interpretación y un poco disparatado en sus sermones, en esa ocasión lo habrían hecho obispo.

Pero se enteró en el pueblo, desde mucho antes de la guerra del 85, y en la época en que los pájaros venían a morir en los dormitorios hacía años que habían pedido su reemplazo por un sacerdote más joven, especialmente cuando dijo haber visto al diablo. Desde entonces comenzaron a no tenerlo en cuenta, cosa que él no advirtió de una manera muy clara a pesar de que todavía podía descifrar los menudos caracteres de su breviario sin necesidad de anteojos.

Siempre había sido un hombre de costumbres regulares. Pequeño, insignificante, de huesos pronunciados y sólidos y ademanes reposados y una voz sedante para la conversación pero demasiado sedante para el púlpito. Permanecía hasta la hora del almuerzo echando globos en su alcoba, tirado a la bartola en una silla de lona y sin otras prendas de vestir que unos largos pantaloncillos de sarga con las bocapiernas amarradas a los tobillos.

No hacía nada, salvo decir la misa. Dos veces a la semana se sentaba en el confesionario, pero hacía años que no se confesaba nadie. Él creía sencillamente que sus feligreses estaban perdiendo la fe a causa de las costumbres modernas, de ahí que hubiera considerado como un acontecimiento muy oportuno haber visto al diablo en tres ocasiones, aunque sabía que la gente daba muy poco crédito a sus palabras a pesar de que tenía conciencia de no ser muy convincente cuando hablaba de esas experiencias. Para él mismo no habría sido una sorpresa descubrir que estaba muerto, no sólo a lo largo de los últimos cinco años, sino también en esos momentos extraordinarios en que encontró los dos primeros pájaros. Cuando encontró el tercero, sin embargo, se asomó un poco a la vida, de manera que en los últimos días estuvo pensando con apreciable frecuencia en el pájaro muerto sobre el escaño de la estación.

Vivía a diez pasos del templo, en una casa pequeña, sin alambreras, con un corredor hacia la calle y dos cuartos que le servían de despacho y dormitorio. Consideraba, tal vez en sus momentos de menor lucidez, que es posible lograr la felicidad en la tierra cuando no hace mucho calor, y esa idea le producía un poco de desconcierto. Le gustaba extraviarse por vericuetos metafísicos. Era eso lo que hacía cuando se sentaba en el corredor todas las mañanas, con la puerta entreabierta, cerrados los ojos y los músculos distendidos. Sin embargo, él mismo no cayó en la cuenta de que se había vuelto tan sutil en sus pensamientos, que hacía por lo menos tres años que en sus momentos de meditación ya no pensaba en nada.

A las doce en punto, un muchacho atravesaba el corredor con un portacomidas de cuatro secciones que contenía lo mismo todos los días: sopa de hueso con un pedazo de yuca, arroz blanco, carne guisada sin cebolla, plátano frito o bollo de maíz y un poco de lentejas que el padre Antonio Isabel del Santísimo Sacramento del Altar no había probado jamás.

El muchacho ponía el portacomidas junto a la silla donde yacía el sacerdote, pero éste no abría los ojos mientras no escuchaba otra vez las pisadas en el corredor. Por eso en el pueblo creían que el padre dormía la siesta antes del almuerzo (cosa que parecía igualmente dislocada) cuando la verdad era que ni siquiera de noche dormía normalmente.

Para esa época sus hábitos se habían descomplicado hasta el primitivismo. Almorzaba sin moverse de su silla de lona, sin sacar los alimentos del portacomidas, sin usar los platos ni el tenedor ni el cuchillo, sino apenas la misma cuchara con que tomaba la sopa. Después se levantaba, se echaba un poco de agua en la cabeza, se ponía la sotana blanca y averaguada con grandes remiendos cuadrados, y se dirigía a la estación del ferrocarril, precisamente a la hora en que el resto del pueblo se acostaba a dormir la siesta. Desde hacía varios meses recorría ese trayecto murmurando la oración que él mismo inventó la última vez que se le apareció el diablo.

Un sábado —nueve días después de que empezaron a caer los pájaros muertos— el padre Antonio Isabel del Santísimo Sacramento del Altar se dirigía a la estación cuando cayó un pájaro agonizante a sus pies, precisamente frente a la casa de la señora Rebeca. Un resplandor de lucidez estalló en su cabeza y se dio cuenta de que aquel pájaro, a diferencia de los otros, podía ser salvado. Lo tomó en sus manos y llamó a la puerta de la señora Rebeca, en el instante en que ella se desabrochaba el corpiño para dormir la siesta.

En su alcoba, la viuda oyó los golpes e instintivamente desvió la vista hacia las alambreras. No había penetrado ningún pájaro a esa alcoba desde hacía dos días. Pero la red continuaba desflecada. Había considerado un gasto inútil hacerla reparar mientras no cesara aquella invasión de pájaros que la mantenía con los nervios irritados. Por encima del zumbido del ventilador eléctrico oyó los golpes a la puerta y recordó con impaciencia que Argénida hacía la siesta en la última alcoba del corredor. Ni siquiera se le ocurrió preguntarse quién podía importunarla a esas horas. Volvió a abotonarse el corpiño, traspuso la puerta alambrada, caminó derecho y afectada a lo largo del corredor, atravesó la sala recargada de muebles y objetos decorativos, y antes de abrir la puerta vio a través de la red metálica que allí estaba el padre Antonio Isabel, taciturno, con los ojos apagados y un pájaro en las manos (antes de que ella abriera la puerta) diciendo: «Si le echamos un poco de agua y después lo metemos debajo de una totuma, estoy seguro de que se pondrá bien.» Y al abrir la puerta, la señora Rebeca sintió que desfallecía de terror.

No permaneció allí más de cinco minutos. La señora Rebeca creía que era ella quien había abreviado el incidente. Pero en realidad había sido el padre. Si la viuda hubiera reflexionado en ese instante, se habría dado cuenta de que el sacerdote, en los 30 años que llevaba de vivir en el pueblo, no había permanecido nunca más de cinco minutos en su casa. Le parecía que en la profusa utilería de la sala se manifestaba claramente el espíritu concupiscente de la dueña, a pesar de su parentesco con el obispo, muy remoto, pero reconocido. Además, había una leyenda (o una historia) sobre la familia de la señora Rebeca, que seguramente, pensaba el padre, no había llegado hasta el palacio episcopal, con todo y que el coronel Aureliano Buendía, primo hermano de la viuda a quien ella consideraba un descastado, aseguró alguna vez que el obispo no había visitado el pueblo en el nuevo siglo por eludir la visita a su parienta. De cualquier modo, fuera aquello historia o leyenda, la verdad era que el padre Antonio Isabel del Santísimo Sacramento del Altar no se sentía bien en esa casa, cuyo único habitante no había dado muestras de piedad y sólo se confesaba una vez al año, pero respondiendo con evasivas cuando él trataba de concretarla acerca de la oscura muerte de su esposo. Si ahora había estado allí, aguardando a que ella trajera un vaso de agua para bañar un pájaro agonizante, era por determinación de una circunstancia que él no hubiera provocado jamás.

Mientras regresaba la viuda, el sacerdote,

sentado en un suntuoso mecedor de madera labrada, sentía la extraña humedad de esa casa que no había vuelto a sosegarse desde cuando sonó un pistoletazo, hacía más de cuarenta años, y José Arcadio Buendía, hermano del coronel, cayó de bruces entre un ruido de hebillas y espuelas sobre las polainas aún calientes que se acababa de quitar.

Cuando la señora Rebeca irrumpió de nuevo en la sala, vio al padre Antonio Isabel, sentado en el mecedor y con ese aire de nebulosidad que a ella le producía terror.

—La vida de un animal —dijo el padre— es tan grata a Nuestro Señor como la de un hombre.

Al decirlo, no se acordó de José Arcadio Buendía. Tampoco lo recordó la viuda. Pero ella estaba acostumbrada a no dar crédito a las palabras del padre, desde cuando habló en el púlpito de las tres veces en que se le apareció el diablo. Sin prestarle atención tomó el pájaro entre las manos, lo sumergió en el vaso y lo sacudió después. El padre observó que había impiedad y negligencia en su manera de actuar, una absoluta falta de consideración por la vida del animal.

—No le gustan los pájaros —dijo, de manera suave pero afirmativa.

La viuda levantó los párpados en un gesto de impaciencia y hostilidad.

—Aunque me hubieran gustado alguna vez

—dijo— los aborrecería ahora que les ha dado por morirse dentro de las casas.

—Han muerto muchos —dijo él, implacable. Habría podido pensarse que había mucho de astucia en la uniformidad de su voz.

—Todos —dijo la viuda. Y agregó, mientras exprimía el animal con repugnanccia y lo colocaba debajo de una totuma—: Y eso no me importaría, si no me hubieran roto las alambreras.

Y a él le pareció que nunca había conocido tanta dureza de corazón. Un instante después, teniéndole en su propia mano, el sacerdote se dio cuenta de que aquel cuerpo minúsculo e indefenso había dejado de latir. Entonces se olvidó de todo: de la humedad de la casa, de la concupiscencia, del insoportable olor a pólvora en el cadáver de José Arcadio Buendía, y se dio cuenta de la prodigiosa verdad que lo rodeaba desde el principio de la semana. Allí mismo, mientras la viuda lo veía abandonar la casa con el pájaro muerto entre las manos y una expresión amenazante, él asistió a la maravillosa revelación de que sobre el pueblo estaba cayendo una lluvia de pájaros muertos y de que él, el ministro de Dios, el predestinado que había conocido la felicidad cuando no hacía calor, había olvidado enteramente el Apocalipsis.

Ese día fue a la estación, como siempre, pero no se dio cuenta cabal de sus actos. Sabía confusamente que algo estaba ocurriendo en el mundo, pero se sentía embotado, bruto, indigno del instante. Sentado en el escaño de la estación trataba de recordar si había lluvia de pájaros muertos en el Apocalipsis, pero lo había olvidado por completo. De pronto pensó que el retraso en casa de la señora Rebeca le había hecho perder el tren y estiró la cabeza por encima de los vidrios polvorientos y rotos y vio en el reloj de la administración que aún faltaban doce minutos para la una. Cuando regresó al escaño sintió que se asfixiaba. En ese momento se acordó de que era sábado. Movió por un instante su abanico de palma trenzada, perdido en sus oscuras nebulosas interiores. Y después se desesperó de los botones de su sotana y de los botones de sus botas y de sus largos y ajustados pantaloncillos de sarga y se dio cuenta, alarmado, de que nunca en su vida había sentido tanto calor.

Sin moverse del escaño se desabotonó el cuello de la sotana, extrajo de la manga el pañuelo y se enjugó el rostro congestionado, pensando en un instante de iluminado patetismo que tal vez estaba asistiendo a la elaboración de un terremoto. Había leído eso en alguna parte. Sin embargo, el cielo estaba despejado; un cielo transparente y azul del que misteriosamente habían desaparecido todos los pájaros. Él se dio cuenta del color y de la transparencia, pero momentáneamente se olvidó de los pájaros muertos. Ahora pensaba en otra cosa, en la posibilidad de que se desatara una tormenta. Sin embargo, el cielo estaba diáfano y tranquilo, como si fuera el cielo de otro pueblo remoto y diferente, donde nunca había sentido calor, y como si no fueran los suyos sino otros los ojos que estuvieran contemplándolo. Después miró hacia el norte, por encima de los techos de palma y cinc oxidado, y vio la lenta, la silenciosa, la equilibrada mancha de gallinazos sobre el muladar.

Por alguna razón misteriosa sintió que en ese instante revivían en él las emociones que experimentó un domingo en el seminario, poco antes de recibir las órdenes menores. El rector lo había autorizado para hacer uso de su biblioteca particular y él permanecía durante horas y horas (especialmente los domingos) sumergido en la lectura de unos libros amarillos, olorosos a madera envejecida, y con anotaciones en latín hechas con los garabatos minúsculos y erizados del rector. Un domingo, después de que había leído durante todo el día, entró el rector a la habitación y se apresuró, azorado, a recoger una tarjeta que evidentemente se había caído de entre las páginas del libro que él leía. Presenció la ofuscación de su superior con discreta indiferencia, pero alcanzó a leer la tarjeta. Sólo había una frase, escrita a tinta morada con letra nítida y recta: «Madame Ivette est morte cette nuit.» Más de medio siglo después, viendo una mancha de gallinazos sobre un pueblo olvidado, se acordó de la expresión taciturna del rector, sentado frente a él, malva el crepúsculo y con la respiración imperceptiblemente alterada.

Impresionado por aquella asociación, no sintió entonces calor sino precisamente todo lo contrario, un mordisco de hielo en las ingles y la planta de los pies. Sintió pavor, sin saber cuál era la causa precisa de ese pavor, enredado en una maraña de ideas confusas, entre las que era imposible diferenciar una sensación nauseabunda y la pezuña de Satanás atascada en el barro y un tropel de pájaros muertos cayendo sobre el mundo, mientras él, Antonio Isabel del Santísimo Sacramento del Altar, permanecía indiferente a ese acontecimiento. Entonces se irguió, levantó una mano asombrada como para iniciar un saludo que se perdió en el vacío, y exclamó aterrorizado: «El Judío Errante.»

En ese momento pitó el tren. Por primera vez en muchos años él no lo oyó. Lo vio entrar en la estación, envuelto en una densa humareda, y oyó la granizada de cisco contra las láminas de cinc oxidado. Pero eso fue como un sueño remoto e indescifrable, del cual no despertó por completo hasta esa tarde, un poco después de las cuatro, cuando dio los últimos toques al formidable sermón que pronunciaría el domingo. Ocho horas después, fueron a buscarlo para que administrara la extremaunción a una mujer.

De manera que el padre no supo quién llegó

esa tarde en el tren. Durante mucho tiempo había visto pasar los cuatro vagones desvencijados y descoloridos, y no recordaba que alguien hubiera descendido de ellos para quedarse, al menos en los últimos años. Antes era distinto, cuando podía estar una tarde entera viendo pasar un tren cargado de banano; ciento cuarenta vagones cargados de frutas, pasando sin parar, hasta cuando pasaba, ya entrada la noche, el último vagón con un hombre colgando una lámpara verde. Entonces veía el pueblo al otro lado de la línea —ya encendidas las luces— y le parecía que, con sólo verlo pasar, el tren lo había llevado a otro pueblo. Tal vez de ahí vino su costumbre de asistir todos los días a la estación, incluso después de que ametrallaron a los trabajadores y se acabaron las plantaciones de bananos y con ellas los trenes de ciento cuarenta vagones, y quedó apenas ese tren amarillo y polvoriento que no traía ni se llevaba a nadie.

Pero ese sábado llegó alguien. Cuando el padre Antonio Isabel del Santísimo Sacramento del Altar se alejó de la estación, un muchacho apacible, con nada de particular aparte de su hambre, lo vio desde la ventana del último vagón en el preciso instante en que se acordó de que no comía desde el día anterior. Pensó: «Si hay un cura debe haber un hotel.» Y descendió del vagón y atravesó la calle abrasada por el metálico sol de agosto y penetró en la fresca penumbra de una casa situada frente a la estación donde sonaba el disco gastado de un gramófono. El olfato, agudizado por el hambre de dos días, le indicó que ese era el hotel. Y ahí penetró, sin ver la tablilla: Hotel Macondo; un letrero que él no había de leer en su vida.

La propietaria estaba encinta con más de cinco meses. Tenía color de mostaza y la apariencia de ser idéntica a su madre cuando su madre estaba encinta de ella. El pidió «un almuerzo lo más rápido que pueda» y ella, sin tratar de apresurarse, le sirvió un plato de sopa con un hueso pelado y picadillo de plátano verde. En ese instante pitó el tren. Envuelto en el vapor cálido y saludable de la sopa, él calculó la distancia que lo separaba de la estación e inmediatamente después se sintió invadido por esa confusa sensación de pánico que produce la pérdida de un tren.

Trató de correr. Llegó hasta la puerta, angustiado, pero aún no había dado un paso fuera del umbral cuando se dio cuenta de que no tenía tiempo de alcanzar el tren. Cuando volvió a la mesa se había olvidado de su hambre; vio, junto al gramófono, una muchacha que lo miraba sin piedad, con una horrible expresión de perro meneando la cola. Por primera vez en todo el día se quitó entonces el sombrero que le había regalado su madre dos meses antes, y lo aprisionó entre las rodillas mientras acababa de comer.

Cuando se levantó de la mesa no parecía preocupado por la pérdida del tren ni por la perspectiva de pasar un fin de semana en un pueblo cuyo nombre no se ocuparía de averiguar. Se sentó en un rincón de la sala, con los huesos de la espalda apoyados en una silla dura y recta, y permaneció allí largo rato, sin escuchar los discos hasta que la muchacha que los seleccionaba dijo:

—En el corredor hay más fresco.

Él se sintió mal. Le costaba trabajo iniciarse con los desconocidos. Le angustiaba mirar a la gente a la cara y cuando no le quedaba otro recurso que hablar, las palabras le salían diferentes a como las pensaba. «Sí», respondió. Y sintió un ligero escalofrío. Trató de mecerse, olvidado de que no estaba en una mecedora.

—Los que vienen aquí ruedan una silla para el corredor que es más fresco —dijo la muchacha. Y él, oyéndola, se dio cuenta con angustia de que ella tenía deseos de conversar. Se arriesgó a mirarla, en el instante en que le daba cuerda al gramófono. Parecía estar sentada allí desde hacía meses, años quizás, y no manifestaba el menor interés en moverse de ese lugar. Le daba cuerda al gramófono, pero su vida estaba fija en él. Estaba sonriendo.

—Gracias —dijo él, tratando de levantarse, de dar soltura y espontaneidad a sus movimientos. La muchacha no dejó de mirarlo. Dijo:

—También dejan el sombrero en el perche-rito.

Esta vez sintió una brasa en las orejas. Se estremeció pensando en aquella manera de sugerir las cosas. Se sentía incómodo, acorralado, y otra vez sintió el pánico por la pérdida del tren. Pero en ese instante penetró en la sala la propietaria.

—¿Qué hace? —preguntó.

—Está rodando la silla para el corredor, como lo hacen todos —dijo la muchacha.

Él creyó advertir un acento de burla en sus palabras.

—No se preocupe —dijo la propietaria—. Yo le traeré un taburete.

La muchacha se rió y él se sintió desconcertado. Hacía calor. Un calor seco y plano, y estaba sudando. La propietaria rodó hasta el corredor un taburete de madera con fondos de cuero. Se disponía a seguirla cuando la muchacha volvió a hablar.

—Lo malo es que lo van a asustar los pájaros —dijo.

Él alcanzó a ver la mirada dura cuando la propietaria volvió los ojos hacia la muchacha. Fue una mirada rápida pero intensa.

—Lo que debes hacer es callarte —dijo, y se volvió sonriente hacia él. Entonces se sintió menos solo y tuvo deseos de hablar.

—¿Qué es lo que dice? —preguntó.

—Que a esta hora caen pájaros muertos en el corredor —dijo la muchacha.

—Son cosas de ella —dijo la propietaria. Se inclinó a arreglar un ramo de flores artificiales en la mesita de centro. Había un temblor nervioso en sus dedos.

—Cosas mías, no —dijo la muchacha—. Tú misma barriste dos antier.

La propietaria la miró exasperada. Tenía una expresión lastimosa y evidentes deseos de explicarlo todo, hasta cuando no quedara el menor rastro de duda.

—Lo que ocurre, señor, es que antier los muchachos dejaron dos pájaros muertos en el corredor para molestarla, y después le dijeron que estaban cayendo pájaros muertos del cielo. Ella se traga todo lo que le dicen.

El sonrió. Le parecía muy divertida aquella explicación; se frotó las manos y se volvió a mirar a la muchacha que lo contemplaba angustiada. El gramófono había dejado de sonar. La propietaria se retiró a la otra pieza y cuando él se dirigía al corredor la muchacha insistió en voz baja:

—Yo los he visto caer. Créamelo. Todo el mundo los ha visto.

Y él creyó comprender entonces su apego al gramófono y la exasperación de la propietaria.

—Sí —dijo compasivamente. Y después, moviéndose hacia el corredor—: Yo también los he visto.

Hacía menos calor afuera, a la sombra de los almendros. Recostó el taburete contra el marco de la puerta, echó la cabeza hacia atrás y pensó en su madre; su madre postrada en el mecedor, espantando las gallinas con un largo palo de escoba, mientras sentía que por primera vez él no estaba en la casa.

La semana anterior habría podido pensar que su vida era una cuerda lisa y recta, tendida desde la lluviosa madrugada de la última guerra civil en que vino al mundo entre las cuatro paredes de barro y cañabrava de una escuela rural, hasta esa mañana de junio en que cumplió 22 años y su madre llegó hasta su chinchorro para regalarle un sombrero con una tarjeta: «A mi querido hijo, en su día». En ocasiones se sacudía la herrumbre de la ociosidad y sentía nostalgia de la escuela, del pizarrón y del mapa de un país superpoblado por los excrementos de las moscas, y de la larga fila de jarros colgados en la pared debajo del nombre de cada niño. Allí no hacía calor. Era un pueblo verde y plácido con unas gallinas de largas patas cenicientas que atravesaban el salón de clases para echarse a poner debajo del tinajero. Su madre era entonces una mujer triste y hermética. Se sentaba al atardecer a recibir el viento acabado de filtrar en los cafetales, y decía: «Manaure es el pueblo más bello del mundo»; y luego, volviéndose hacia él, viéndolo crecer sordamente en el chinchorro:

«Cuando estés grande te darás cuenta de eso». Pero no se dio cuenta de nada. No se dio cuenta a los 15 años, siendo ya demasiado grande para su edad, rebosante de esa salud insolente y atolondrada que da la ociosidad. Hasta cuando cumplió los 20 años su vida no fue nada esencialmente distinta de unos cambios de posición en el chinchorro. Pero para esa época su madre, obligada por el reumatismo, abandonó la escuela que había atendido durante 18 años, de manera que se fueron a vivir a una casa de dos cuartos con un patio enorme, donde criaron gallinas de patas cenicientas como las que atravesaban el salón de clases.

El cuidado de las gallinas fue su primer contacto con la realidad. Y había sido el único hasta el mes de julio, en que su madre pensó en la jubilación y consideró que ya el hijo tenía suficiente sagacidad para gestionarla. Él colaboró de manera eficaz en la preparación de los documentos, y hasta tuvo el tacto necesario para convencer al párroco de que alterara en seis años la partida de bautismo de su madre, que aún no tenía edad para la jubilación. El jueves recibió las últimas instrucciones escrupulosamente pormenorizadas por la experiencia pedagógica de su madre, e inició el viaje hasta la ciudad con doce pesos, una muda de ropa, el legajo de documentos y una idea enteramente rudimentaria de la palabra «jubilación», que él interpretaba en bruto como una determinada cantidad de dinero que debía entregarle el gobierno para poner una cría de cerdos.

Adormilado en el corredor del hotel, entorpecido por el bochorno, no se había detenido a pensar en la gravedad de su situación. Suponía que el percance quedaría resuelto al día siguiente con el regreso del tren, de suerte que ahora su única preocupación era esperar el domingo para reanudar el viaje y no acordarse jamás de ese pueblo donde hacía un calor insoportable. Un poco antes de las cuatro cayó en un sueño incómodo y pegajoso, pensando, mientras dormía, que era una lástima no haber traído el chinchorro. Entonces fue cuando se dio cuenta de que había olvidado en el tren el envoltorio de la ropa y los documentos de la jubilación. Despertó abruptamente, sobresaltado, pensando en su madre y otra vez acorralado por el pánico.

Cuando rodó el asiento hasta la sala se habían encendido las luces del pueblo. No conocía el alumbrado eléctrico, de manera que experimentó una fuerte impresión al ver las bombillas pobres y manchadas del hotel. Luego recordó que su madre le había hablado de eso y siguió rodando el asiento hasta el comedor, tratando de evitar los moscardones que se estrellaban como proyectiles en los espejos. Comió sin apetito, ofuscado por la clara evidencia de su situación, por el calor intenso, por la amargura de aquella soledad que padecía por primera vez en su vida. Después de las nueve fue conducido al fondo de la casa, a un cuarto de madera empapelado con periódicos y revistas. A la medianoche se hallaba sumergido en un sueño pantanoso y febril, mientras a cinco cuadras de allí el padre Antonio Isabel del Santísimo Sacramento del Altar, tendido boca arriba en su catre, pensaba que las experiencias de esa noche reforzaban el sermón que tenía preparado para las siete de la mañana. El padre reposaba con sus largos y ajustados pantaloncillos de sarga, entre el denso rumor de los zancudos. Un poco antes de las doce había atravesado el pueblo para administrar la extremaunción a una mujer y se sentía exaltado y nervioso, de manera que puso los elementos sacramentales junto al catre y se acostó a repasar el sermón. Permaneció así varias horas, tendido boca arriba en el catre hasta cuando oyó el horario remoto de un alcaraván en la madrugada. Entonces trató de levantarse, se incorporó penosamente y pisó la campanilla y se fue de bruces contra el suelo áspero y sólido de la habitación.

Apenas se dio cuenta de sí mismo cuando experimentó la sensación tenebrante que le subió por el costado. En ese momento tuvo conciencia de su peso total: juntos el peso de su cuerpo, de sus culpas y de su edad. Sintió contra la mejilla la solidez del suelo pedregoso que tantas veces, al preparar su sermones, le había servido para formase una idea precisa del camino que conduce al infierno. «Cristo», murmuró asustado, pensando: «Seguro que nunca más podré ponerme en pie.»

No supo cuánto tiempo permaneció postrado en el suelo, sin pensar en nada, sin acordarse siquiera de implorar una buena muerte. Fue como si, en realidad, hubiera estado muerto por un instante. Pero cuando recobró el conocimiento ya no sentía dolor ni espanto. Vio la raya lívida debajo de la puerta; oyó, remoto y triste, el clamor de los gallos, y se dio cuenta de que estaba vivo y de que recordaba perfectamente las palabras del sermón.

Cuando descorrió la tranca de la puerta estaba amaneciendo. Había dejado de sentir dolor y hasta le parecía que el golpe lo había descargado de su ancianidad. Toda la bondad, los extravíos y los padecimientos del pueblo penetraron hasta su corazón cuando tragó la primera bocanada de aquel aire que era una humedad azul llena de gallos. Luego miró en torno suyo, como para reconciliarse con la soledad, y vio a la tranquila penumbra del amanecer, uno, dos, tres pájaros muertos en el corredor.

Durante nueve minutos contempló los tres cadáveres, pensando, de acuerdo con el sermón previsto, que aquella muerte colectiva de los pájaros necesitaba una expiación. Luego caminó hasta el otro extremo del corredor, recogió los tres pájaros muertos y regresó a la tinaja y la destapó y uno tras otro echó los pájaros en el agua verde y dormida sin conocer exactamente el objetivo de aquella acción. «Tres y tres hacen media docena en una semana», pensó, y un prodigioso relámpago de lucidez le indicó que había empezado a padecer el gran día de su vida.

A las siete había empezado el calor. En el hotel, el único comensal aguardaba el desayuno. La muchacha del gramófono no se había levantado aún. La propietaria se acercó y en ese instante parecía como si estuvieran sonando dentro de su vientre abultado las siete campanadas del reloj.

—Siempre fue que lo dejó el tren —dijo con un acento de tardía conmiseración. Y luego trajo el desayuno: café con leche, un huevo frito y tajadas de plátano verde.

Él trató de comer, pero no sentía hambre. Se sentía alarmado de que hubiera empezado el calor. Sudaba a chorros. Se asfixiaba. Había dormido mal, con la ropa puesta, y ahora tenía un poco de fiebre. Sentía otra vez el pánico y se acordaba de su madre, en el instante en que la propietaria se acercó a recoger los platos, radiante dentro de su traje nuevo de grandes flores verdes. El traje de la propietaria le hizo recordar que era domingo.

—¿Hay misa? —le preguntó.

—Sí hay —dijo la mujer—. Pero es como si

no hubiera porque no va casi nadie. Es que no han querido mandar un padre nuevo.

—¿Y qué pasa con el de ahora?

—Que tiene como cien años y está medio chiflado —dijo la mujer, y permaneció inmóvil, pensativa, con todos los platos en una mano.

Luego dijo:

—El otro día juró en el púlpito que había visto al diablo y desde entonces casi nadie volvió a la misa.

De manera que fue a la iglesia, en parte por su desesperación y en parte por la curiosidad de conocer a una persona de cien años. Advirtió que era un pueblo muerto, con calles interminables y polvorientas y sombrías casas de madera con techos de cinc, que parecían deshabitadas. Eso era el pueblo en domingo: calles sin hierba, casas con alambreras y un cielo profundo y maravilloso sobre un calor asfixiante. Pensó que no había ahí ninguna señal que permitiera distinguir el domingo de otro día cualquiera, y mientras caminaba por la calle desierta se acordó de su madre: «Todas las calles de todos los pueblos conducen inexorablemente a la iglesia o al cementerio.» En este instante desembocó en una pequeña plaza empedrada con un edificio de cal con una torre y un gallo de madera en la cúspide y un reloj parado en las cuatro y diez.

Sin apresurarse atravesó la plaza, subió por los tres escalones del atrio e inmediatamente sintió el olor del envejecido sudor humano revuelto con el olor del incienso, y penetró en la tibia penumbra de la iglesia casi vacía.

El padre Antonio Isabel del Santísimo Sacramento del Altar acababa de subir al púlpito. Iba a iniciar el sermón cuando vio entrar a un muchacho con el sombrero puesto. Lo vio examinar con sus grandes ojos serenos y transparentes el templo casi vacío. Lo vio sentarse en el último escaño, la cabeza ladeada y las manos sobre las rodillas. Se dio cuenta de que era un forastero. Tenía más de 20 años de estar en el pueblo y habría podido reconocer a cualquiera de sus habitantes por el olor. Por eso sabía que el muchacho que acababa de llegar era un forastero. En una mirada breve e intensa observó que era un ser taciturno y un poco triste y que tenía la ropa sucia y arrugada. «Es como si tuviera mucho tiempo de estar durmiendo con ella», pensó, con un sentimiento que era una mescolanza de repugnancia y piedad. Pero después, viéndolo en el escaño, sintió que su alma desbordaba gratitud y se dispuso a pronunciar para él el gran sermón de su vida. «Cristo —pensaba mientras tanto—, permite que recuerde el sombrero para que no tenga que echarlo del templo.» Y comenzó el sermón.

Al principio habló sin darse cuenta de sus palabras. Ni siquiera se escuchaba a sí mismo. Oía apenas la melodía indefinida y suelta que fluía de un manantial dormido en su alma desde el principio del mundo. Tenía la confusa certidumbre de que las palabras estaban brotando precisas, oportunas, exactas, en el orden y la ocasión previstos. Sentía que un vapor caliente le presionaba las entrañas. Pero sabía también que su espíritu estaba limpio de vanidad y que la sensación de placer que le embargaba los sentidos no era soberbia, ni rebeldía, ni vanidad, sino el puro regocijo de su espíritu en Nuestro Señor.

En su alcoba, la señora Rebeca se sentía desfallecer, comprendiendo que dentro de un momento el calor se volvería imposible. Si no se hubiera sentido arraigada al pueblo por un oscuro temor a la novedad, habría metido sus cachivaches en un baúl con naftalina y se hubiera ido a rodar por el mundo, como lo hizo su bisabuelo, según le habían contado. Pero íntimamente sabía que estaba destinada a morir en el pueblo, entre aquellos interminables corredores y las nueve alcobas cuyas alambreras, pensaba, haría reemplazar por vidrios erizados, cuando cesara el calor. De manera que se quedaría allí, decidió (y esa era una decisión que tomaba siempre que ordenaba la ropa en el armario), y decidió también escribirle a «mi ilustrísimo primo» para que mandara un padre joven y poder asistir de nuevo a la iglesia con su sombrero de minúsculas flores de terciopelo y oír otra vez una misa ordenada y sermones sensatos y edificantes. «Mañana es lunes», pensó, empezando a pensar de una vez en el encabezamiento de la carta para el obispo (encabezamiento que el coronel Buendía habría calificado de frívolo e irrespetuoso) cuando Argénida abrió bruscamente la puerta alambrada y exclamó:

—Señora, dicen que el padre se volvió loco en el púlpito.

La viuda volvió hacia la puerta un rostro otoñal y amargo, enteramente suyo.

—Hace por lo menos cinco años que está loco —dijo. Y siguió aplicada a la clasificación de su ropa, diciendo—: Debe ser que volvió a ver al diablo.

—Ahora no fue el diablo —dijo Argénida.

—¿Y entonces a quién? —preguntó la señora Rebeca, estirada, indiferente.

—Ahora dice que vio al Judío Errante.

La viuda sintió que se le crispaba la piel. Un tropel de revueltas ideas entre las cuales no podía diferenciar sus alambreras rotas, el calor, los pájaros muertos y la peste, pasó por su cabeza al escuchar esas palabras que no recordaba desde las tardes de su infancia remota: «El Judío Errante.» Y entonces comenzó a moverse, lívida, helada, hacia donde Argénida la contemplaba con la boca abierta.

—Es verdad —dijo, con una voz que se le subió de las entrañas—. Ahora me explicó por qué se están muriendo los pájaros.

Impulsada por el terror, se tocó con una negra mantilla bordada y atravesó como una exhalación el largo corredor y la sala recargada de objetos decorativos y la puerta de la calle y las dos cuadras que la separaban de la iglesia, en donde el padre Antonio Isabel del Santísimo Sacramento del Altar, transfigurado, decía: «...Os juro que lo vi. Os juro que se atravesó en mi camino esta madrugada, cuando regresaba de administrar los santos óleos a la mujer de Jonás, el carpintero. Os juro que tenía el rostro embetunado con la maldición del Señor y que dejaba a su paso una huella de ceniza ardiente.»

La palabra quedó trunca, flotando en el aire. Se dio cuenta de que no podía contener el temblor de las manos, de que todo su cuerpo temblaba y que por su columna vertebral descendía lentamente un hilo de sudor helado. Se sentía mal, sintiendo el temblor y sintiendo la sed y una fuerte torcedura en las tripas y un rumor que resonó como la profunda nota de un órgano en sus entrañas. Entonces se dio cuenta de la verdad.

Vio que había gente en la iglesia y que por la nave central avanzaba la señora Rebeca, patética, espectacular, con los brazos abiertos y el rostro amargo y frío vuelto hacia las alturas. Confusamente comprendió lo que estaba ocurriendo y hasta tuvo la lucidez suficiente para comprender que habría sido vanidad creer que estaba patrocinando un milagro. Humildemente apoyó las manos temblorosas en el borde de madera y reanudó el discurso.

—Entonces caminó hacia mí —dijo. Y esta vez escuchó su propia voz convincente, apasionada—. Caminó hacia mí y tenía los ojos de esmeralda y la áspera pelambre y el olor de un macho cabrío. Y yo levanté la mano para recriminarlo en el nombre de Nuestro Señor, y le dije: «Detente. Nunca ha sido el domingo buen día para sacrificar un cordero.»

Cuando terminó había empezado el calor. Ese calor intenso, sólido y abrasante de aquel agosto inolvidable. Pero el padre Antonio Isabel ya no se daba cuenta del calor. Sabía que ahí, a sus espaldas, estaba el pueblo otra vez postrado, sobrecogido por el sermón, pero ni siquiera se alegraba de eso. Ni siquira se alegraba con la perspectiva inmediata de que el vino le aliviara la garganta estragada. Se sentía incómodo y desadaptado. Se sentía aturdido y no pudo concentrarse en el momento supremo del sacrificio. Desde hacía algún tiempo le ocurría lo mismo, pero ahora fue una distracción diferente porque su pensamiento estaba colmado por una inquietud definida. Por primera vez en su vida conoció entonces la soberbia. Y tal como lo había imaginado y definido en sus sermones, sintió que la soberbia era un apremio igual a la sed. Cerró con energía el tabernáculo, y dijo:

—Pitágoras.

El acólito, un niño de cabeza rapada y lustrosa, ahijado del padre Antonio Isabel y a quien éste había puesto nombre, se acercó al altar.

—Recoge la limosna —dijo el sacerdote.

El niño pestañeó, dio una vuelta completa y luego dijo con una voz casi imperceptible:

—No sé dónde está el platillo.

Era cierto. Hacía meses que no se recogía la limosna.

—Entonces busca una bolsa grande en la sacristía y recoge lo más que puedas —dijo el padre.

—¿Y qué digo? —dijo el muchacho.

El padre contempló pensativo el cráneo pelado y azul, las articulaciones pronunciadas. Ahora fue él quien pestañeó:

—Di que es para desterrar al Judío Errante —dijo y sintió que al decirlo soportaba un gran peso en su corazón. Por un instante no escuchó nada más que el chisporroteo de los cirios en el templo silencioso, y su propia respiración excitada y difícil. Luego, poniendo la mano en el hombro del acólito que lo miraba con los redondos ojos espantados, dijo:

—Después coges la plata y se la llevas al muchacho que estaba solo al principio, y le dice que ahí le manda el padre para que se compre un sombrero nuevo.

ROSAS ARTIFICIALES

(1962)

Moviéndose a tientas en la penumbra del amanecer, Mina se puso el vestido sin mangas que la noche anterior había colgado junto a la cama, y revolvió el baúl en busca de las mangas postizas. Las buscó después en los clavos de las paredes y detrás de las puertas, procurando no hacer ruido para no despertar a la abuela ciega que dormía en el mismo cuarto. Pero cuando se acostumbró a la oscuridad, se dio cuenta de que la abuela se había levantado y fue a la cocina a preguntarle por las mangas.

—Están en el baño —dijo la ciega—. Las lavé ayer tarde.

Allí estaban, colgadas de un alambre con dos prendedores de madera. Todavía estaban húmedas. Mina volvió a la cocina y extendió las mangas sobre las piedras de la hornilla. Frente a ella, la ciega revolvía el café, fijas las pupilas muertas en el reborde de ladrillos del corredor, donde había una hilera de tiestos con hierbas medicinales.

—No vuelvas a coger mis cosas —dijo Mina—. En estos días no se puede contar con el sol.

La ciega movió el rostro hacia la voz.

—Se me había olvidado que era el primer viernes —dijo.

Después de comprobar con una aspiración profunda que ya estaba el café, retiró la olla del fogón.

—Pon un papel debajo, porque esas piedras están sucias —dijo.

Mina restregó el índice contra las piedras de la hornilla. Estaban sucias, pero de una costra de hollín apelmazado que no ensuciaría las mangas si no se frotaban contra las piedras.

—Si se ensucian tú eres la responsable —dijo.

La ciega se había servido una taza de café.

—Tienes rabia —dijo, rodando un asiento hacia el corredor—. Es sacrilegio comulgar cuando se tiene rabia. —Se sentó a tomar el café frente a las rosas del patio. Cuando sonó el tercer toque para misa, Mina retiró las mangas de la hornilla, y todavía estaban húmedas. Pero se las puso. El padre Angel no le daría la comunión con un vestido de hombros descubiertos. No se lavó la cara. Se quitó con una toalla los restos del colorete, recogió en el cuarto el libro de oraciones y la mantilla, y salió a la calle. Un cuarto de hora después estaba de regreso.

—Vas a llegar después del evangelio —dijo la ciega, sentada frente a las rosas del patio.

Mina pasó directamente hacia el excusado.

—No puedo ir a misa —dijo—. Las mangas están mojadas y toda mi ropa sin planchar. —Se sintió perseguida por una mirada clarividente.

—Primer viernes y no vas a misa —dijo la ciega.

De vueltas del excusado, Mina se sirvió una taza de café y se sentó contra el quicio de cal, junto a la ciega. Pero no pudo tomar el café.

—Tú tienes la culpa —murmuró, con un rencor sordo, sintiendo que se ahogaba en lágrimas.

—Estás llorando —exclamó la ciega.

Puso el tarro de regar junto a las macetas de orégano y salió al patio, repitiendo:

—Estás llorando.

Mina puso la taza en el suelo antes de incorporarse.

—Lloro de rabia —dijo. Y agregó al pasar junto a la abuela—: Tienes que confesarte, porque me hiciste perder la comunión del primer viernes.

La ciega permaneció inmóvil esperando que Mina cerrara la puerta del dormitorio. Luego caminó hacia el extremo del corredor. Se inclinó, tanteando, hasta encontrar en el suelo la taza intacta. Mientras vertía el cafe en la olla de barro, siguió diciendo:

—Dios sabe que tengo la conciencia tranquila.

La madre de Mina salió del dormitorio.

—¿Con quién hablas? —preguntó.

—Con nadie —dijo la ciega—. Ya te he dicho que me estoy volviendo loca.

Encerrada en su cuarto, Mina se desabotonó el corpiño y sacó tres llavecitas que llevaba prendidas con un alfiler de nodriza. Con una de las llaves abrió la gaveta inferior del armario y extrajo un baúl de madera en miniatura. Lo abrió con la otra llave. Adentro había un paquete de cartas en papeles de color, atados con una cinta elástica. Se las guardó en el corpiño, puso el baulito en su puesto y volvió a cerrar la gaveta con llave. Después fue al excusado y echó las cartas en el fondo.

—Te hacía en misa —le dijo la madre.

—No pudo ir —intervino la ciega—. Se me olvidó que era el primer viernes y lavé las mangas ayer tarde.

—Todavía están húmedas —murmuró Mina.

—Ha tenido que trabajar mucho en estos días —dijo la ciega.

—Son ciento cincuenta docenas de rosas que tengo que entregar en la Pascua —dijo Mina.

El sol calentó temprano. Antes de la siete.

Mina instaló en la sala su taller de rosas artificiales: una cesta llena de pétalos y alambres, un cajón de papel elástico, dos pares de tijeras, un rollo de hilo y un frasco de goma. Un momento después llegó Trinidad, con su caja de cartón bajo el brazo, a preguntarle por qué no había ido a misa.

—No tenía mangas —dijo Mina.

—Cualquiera hubiera podido prestártelas —dijo Trinidad.

Rodó una silla para sentarse junto al canasto de pétalos.

—Se me hizo tarde —dijo Mina.

Terminó una rosa. Después acercó el canasto para rizar pétalos con las tijeras. Trinidad puso la caja de cartón en el suelo e intervino en la labor.

Mina observó la caja.

—¿Compraste zapatos? —preguntó.

—Son ratones muertos —dijo Trinidad.

Como Trinidad era experta en el rizado de pétalos, Mina se dedicó a fabricar tallos de alambre forrados en papel verde. Trabajaron en silencio sin advertir el sol que avanzaba en la sala decorada con cuadros idílicos y fotografías familiares. Cuando terminó los tallos, Mina volvió hacia Trinidad un rostro que parecía acabado en algo inmaterial. Trinidad rizaba con admirable pulcritud, moviendo apenas la punta de los dedos, las piernas muy juntas. Mina observó sus zapatos masculinos. Trinidad eludió la mirada, sin levantar la cabeza, apenas arrastrando los pies hacia atrás e interrumpió el trabajo.

—¿Qué pasó? —dijo.

Mina se inclinó hacia ella.

—Que se fue —dijo.

Trinidad soltó las tijeras en el regazo.

—No.

—Se fue —repitió Mina.

Trinidad la miró sin parpadear. Una arruga vertical dividió sus cejas encontradas.

—¿Y ahora? —preguntó.

Mina respondió sin temblor en la voz.

—Ahora, nada.

Trinidad se despidió antes de las diez.

Liberada del peso de su intimidad, Mina la retuvo un momento, para echar los ratones muertos en el excusado. La ciega estaba podando el rosal.

—A que no sabes qué llevo en esta caja —le dijo Mina al pasar.

Hizo sonar los ratones.

La ciega puso atención.

—Muévela otra vez —dijo.

Mina repitió el movimiento, pero la ciega no pudo identificar los objetos, después de escuchar por tercera vez con el índice apoyado en el lóbulo de la oreja.

—Son los ratones que cayeron anoche en las trampas de la iglesia —dijo Mina.

Al regreso pasó junto a la ciega sin hablar.

Pero la ciega la siguió. Cuando llegó a la sala, Mina estaba sola junto a la ventana cerrada, terminando las rosas artificiales.

—Mina —dijo la ciega—. Si quieres ser feliz, no te confieses con extraños.

Mina la miró sin hablar. La ciega ocupó la silla frente a ella e intentó intervenir en el trabajo. Pero Mina se lo impidió.

—Estás nerviosa —dijo la ciega.

—Por tu culpa —dijo Mina.

—¿Por qué no fuiste a misa? —preguntó la ciega.

—Tú lo sabes mejor que nadie.

—Si hubiera sido por las mangas no te hubieras tomado el trabajo de salir de la casa —dijo la ciega—. En el camino te esperaba alguien que te ocasionó una contrariedad.

Mina pasó las manos frente a los ojos de la abuela, como limpiando un cristal invisible.

—Eres adivina —dijo.

—Has ido al excusado dos veces esta mañana —dijo la ciega—. Nunca vas más de una vez.

Mina siguió haciendo rosas.

—¿Serías capaz de mostrarme lo que guardas en la gaveta del armario? —preguntó la ciega.

Sin apresurarse, Mina clavó la rosa en el marco de la ventana, se sacó las tres llavecitas del corpiño y se la puso a la ciega en la mano. Ella misma le cerró los dedos.

—Anda a verlo con tus propios ojos —dijo.

La ciega examinó las llavecitas con las puntas de los dedos.

—Mis ojos no pueden ver en el fondo del excusado.

Mina levantó la cabeza y entonces experimentó una sensación diferente: sintió que la ciega sabía que la estaba mirando.

—Tírate al fondo del excusado si te interesan tanto mis cosas —dijo.

La ciega evadió la interrupción.

—Siempre escribas en la cama hasta la madrugada —dijo.

—Tú misma apagas la luz —dijo Mina.

—Y en seguida tú enciendes la linterna de mano —dijo la ciega—. Por tu respiración podría decirte entonces lo que estás escribiendo.

Mina hizo un esfuerzo para no alterarse.

—Bueno —dijo sin levantar la cabeza—. Y suponiendo que así sea: ¿qué tiene eso de particular?

—Nada —respondió la ciega—. Sólo que te hizo perder la comunión del primer viernes.

Mina recogió con las dos manos el rollo de hilo, las tijeras, y un puñado de tallos y rosas sin terminar. Puso todo dentro de la canasta y encaró a la ciega.

—¿Quieres entonces que te diga qué fui a hacer al excusado? —preguntó. Las dos permanecieron en suspenso, hasta cuando Mina respondió a su propia pregunta—: Fui a cagar.

La ciega tiró en el canasto las tres llavecitas.

—Sería una buena excusa —murmuró, dirigiéndose a la cocina—. Me habrías convencido si no fuera la primera vez en tu vida que te oigo decir una vulgaridad.

La madre de Mina venía por el corredor en sentido contrario, cargada de ramos espinosos.

—¿Qué es lo que pasa? —preguntó.

—Que estoy loca —dijo la ciega—. Pero por lo visto no piensan mandarme para el manicomio mientras no empiece a tirar piedras.

LOS FUNERALES DE LA MAMÁ GRANDE

(1962)

Ésta es, incrédulos del mundo entero, la verídica historia de la Mamá Grande, soberana absoluta del reino de Macondo, que vivió en función de dominio durante 92 años y murió en olor de santidad un martes de septiembre pasado, y a cuyos funerales vino el Sumo Pontífice.

Ahora que la nación sacudida en sus entrañas ha recobrado el equilibrio; ahora que los gaiteros de San Jacinto, los contrabandistas de la Guajira, los arroceros del Sinú, las prostitutas de Guacamayal, los hechiceros de la Sierpe y los bananeros de Aracataca han colgado sus toldos para restablecerse de la extenuante vigilia, y que han recuperado la serenidad y vuelto a tomar posesión de sus estados el presidente de la República y sus ministros y todos aquellos que representaron al poder público y a las potencias sobrenaturales en la más espléndida ocasión funeraria que registren los anales históricos; ahora que el Sumo Pontífice ha subido a los Cielos en cuerpo y alma, y que es imposible transitar en Macondo a causa de las botellas vacías, las colillas de cigarrillos, los huesos roídos, las latas y trapos y excrementos que dejó la muchedumbre que vino al entierro, ahora es la hora de recostar un taburete a la puerta de la calle y empezar a contar desde el principio los pormenores de esta conmoción nacional, antes de que tengan tiempo de llegar los historiadores.

Hace catorce semanas, después de interminables noches de cataplasmas, sinapismos y ventosas, demolida por la delirante agonía, la Mamá Grande ordenó que la sentaran en su viejo mecedor de bejuco para expresar su última voluntad. Era el único requisito que le hacía falta para morir. Aquella mañana, por intermedio del padre Antonio Isabel, había arreglado los negocios de su alma, y sólo le faltaba arreglar los de sus arcas con los nueve sobrinos, sus herederos universales, que velaban en torno al lecho. El párroco, hablando solo y a punto de cumplir cien años, permanecía en el cuarto. Se habían necesitado diez hombres para subirlo hasta la alcoba de la Mamá Grande, y se había decidido que allí permaneciera para no tener que bajarlo y volverlo a subir en el minuto final.

Nicanor, el sobrino mayor, titánico y montaraz, vestido de caqui, botas con espuelas y un revólver calibre 38, cañón largo, ajustado bajo la camisa, fue en busca del notario. La enorme mansión de dos plantas, olorosa a melaza y a orégano, con sus oscuros aposentos atiborrados de arcones y cachivaches de cuatro generaciones convertidas en polvo, se había paralizado desde la semana anterior a la expectativa de aquel momento. En el profundo corredor central, con garfios en las paredes donde en otro tiempo se colgaron cerdos desollados y se desangraban venados en los soñolientos domingos de agosto, los peones dormían amontonados sobre sacos de sal y útiles de labranza, esperando la orden de ensillar las bestias para divulgar la mala noticia en el ámbito de la hacienda desmedida. El resto de la familia estaba en la sala. Las mujeres lívidas, desangradas por la herencia y la vigilia, guardaban un luto cerrado que era una suma de incontables lutos superpuestos. La rigidez matriarcal de la Mamá Grande había cercado su fortuna y su apellido con una alambrada sacramental, dentro de la cual los tíos se casaban con las hijas de las sobrinas, y los primos con las tías, y los hermanos con las cuñadas, hasta formar una intrincada maraña de consanguinidad que convirtió la procreación en un círculo vicioso.

Sólo Magdalena, la menor de las sobrinas, logró escapar al cerco; aterrorizada por las alucinaciones se hizo exorcizar por el padre Antonio Isabel, se rapó la cabeza y renunció a las glorias y vanidades del mundo en el noviciado de la Prefectura Apostólica. Al margen de la familia oficial, y en ejercicio del derecho de pernada, los varones habían fecundado hatos, veredas y caseríos con toda una descendencia bastarda, que circulaba entre la servidumbre sin apellidos a título de ahijados, dependientes, favoritos y protegidos de la Mamá Grande.

La inminencia de la muerte removió la extenuante expectativa. La voz de la moribunda, acostumbrada al homenaje y a la obediencia, no fue más sonora que un bajo de órgano en la pieza cerrada, pero resonó en los más apartados rincones de la hacienda. Nadie era indiferente a esa muerte. Durante el presente siglo, la Mamá Grande había sido el centro de gravedad de Macondo, como sus hermanos, sus padres y los padres de sus padres lo fueron en el pasado, en una hegemonía que colmaba dos siglos. La aldea se fundó alrededor de su apellido. Nadie conocía el origen, ni los límites, ni el valor real del patrimonio, pero todo el mundo se había acostumbrado a creer que la Mamá Grande era dueña de las aguas corrientes y estancadas, llovidas y por llover, y de los caminos vecinales, los postes del telégrafo, los años bisiestos y el calor, y que tenía además un derecho heredado sobre vidas y haciendas. Cuando se sentaba a tomar el fresco de la tarde en el balcón de su casa, con todo el peso de sus vísceras y su autoridad aplastado en su viejo mecedor de bejuco, parecía en verdad infinitamente rica y poderosa, la matrona más rica y poderosa del mundo.

A nadie se le había ocurrido pensar que la Mamá Grande fuera mortal, salvo a los miembros de su tribu, y a ella misma, aguijoneada por las premoniciones seniles del padre Antonio Isabel. Pero ella confiaba en que viviría más de 100 años, como su abuela materna, que en la guerra de 1875 se enfrentó a una patrulla del coronel Aureliano Buendía, atrincherada en la cocina de la hacienda. Sólo en abril de este año comprendió la Mamá Grande que Dios no le concedería el privilegio de liquidar personalmente, en franca refriega, a una horda de masones federalistas.

En la primera semana de dolores el médico de la familia la entretuvo con cataplasmas de mostaza y calcetines de lana. Era un médico hereditario, laureado en Montpellier, contrario por convicción filosófica a los progresos de su ciencia, a quien la Mamá Grande había concedido la prebenda de que se impidiera en Macondo el establecimiento de otros médicos. En un tiempo recorría el pueblo a caballo, visitando los lúgubres enfermos del atardecer, y la naturaleza le concedió el privilegio de ser padre de numerosos hijos ajenos. Pero la artritis le anquilosó en un chinchorro, y terminó por atender a sus pacientes sin visitarlos, por medio de suposiciones, correveidiles y recados. Requerido por la Mamá Grande atravesó la plaza en pijama, apoyado en dos bastones, y se instaló en la alcoba de la enferma. Sólo cuando comprendió que la Mamá Grande agonizaba, hizo llevar una arca con pomos de porcelana marcados en latín y durante tres semanas embadurnó a la moribunda por dentro y por fuera con toda suerte de emplastos académicos, julepes magníficos y supositorios magistrales. Después le aplicó sapos ahumados en el sitio del dolor y sanguijuelas en los riñones, hasta la madrugada de ese día en que tuvo que enfrentarse a la disyuntiva de hacerla sangrar por el barbero o exorcizar por el padre Antonio Isabel.

Nicanor mandó a buscar al párroco. Sus diez hombres mejores lo llevaron desde la casa cural hasta el dormitorio de la Mamá Grande, sentado en su crujiente mecedor de mimbre bajo el mohoso palio de las grandes ocasiones. La campanilla del Viático en el tibio amanecer de septiembre fue la primera notificación a los habitantes de Macondo. Cuando salió el sol, la placita frente a la casa de la Mamá Grande parecía una feria rural.

Era como el recuerdo de otra época. Hasta

cuando cumplió los 70, la Mamá Grande celebró su cumpleaños con las ferias más prolongadas y tumultuosas de que se tenga memoria. Se ponían damajuanas de aguardiente a disposición del pueblo, se sacrificaban reses en la plaza pública, y una banda de músicos instalada sobre una mesa tocaba sin tregua durante tres días. Bajo los almendros polvorientos donde la primera semana del siglo acamparon las legiones del coronel Aureliano Buendía, se ponían ventas de masato, bollos, morcillas, chicharrones, empanadas, butifarras, caribañolas, pandeyuca, almojábanas, buñuelos, arepuelas, hojaldres, longanizas, mondongos, cocadas, guarapo, entre todo género de menudencias, chucherías, baratijas y cacharros, y peleas de gallos y juegos de lotería. En medio de la confusión de la muchedumbre alborotada, se vendían estampas y escapularios con la imagen de la Mamá Grande.

Las festividades comenzaban la antevíspera y terminaban el día del cumpleaños, con un estruendo de fuegos artificiales y un baile familiar en la casa de la Mamá Grande. Los selectos invitados y los miembros legítimos de la familia, generosamente servidos por la bastardía, bailaban al compás de la vieja pianola equipada con rollos de moda. La Mamá Grande presidía la fiesta desde el fondo del salón, en una poltrona con almohadas de lino, impartiendo discretas instrucciones con su diestra adornada de anillos en todos los dedos. A veces en complicidad con los enamorados, pero casi siempre aconsejada por su propia inspiración, aquella noche concertaba los matrimonios del año entrante. Para clausurar el jubileo, la Mamá Grande salía al balcón adornado con diademas y faroles de papel, y arrojaba monedas a la muchedumbre.

Aquella tradición se había interrumpido, en parte por los duelos sucesivos de la familia, y en parte por la incertidumbre política de los últimos tiempos. Las nuevas generaciones no asistieron sino de oídas a aquellas manifestaciones de esplendor. No alcanzaron a ver a la Mamá Grande en la misa, abanicada por algún miembro de la autoridad civil, disfrutando del privilegio de no arrodillarse ni en el instante de la elevación para no estropear su saya de volantes holandeses y sus almidonados pollerines de olán. Los ancianos recordaban como una alucinación de la juventud los doscientos metros de esteras que se tendieron desde la casa solariega hasta el altar mayor, la tarde en que María del Rosario Castañeda y Montero asistió a los funerales de su padre, y regresó por la calle esterada investida de su nueva e irradiante dignidad, a los 22 años convertida en la Mamá Grande. Aquella visión medieval pertenecía entonces no sólo el pasado de la familia sino el pasado de la nación. Cada vez más imprecisa y remota, visible apenas en su balcón sofocado entonces por los geranios en las tardes de calor, la Mamá Grande se esfumaba en su propia leyenda. Su autoridad se ejercía a través de Nicanor. Existía la promesa tácita, formulada por la tradición, de que el día en que la Mamá Grande lacrara su testamento, los herederos decretarían tres noches de jolgorios públicos. Pero se sabía asimismo que ella había decidido no expresar su voluntad última hasta pocas horas antes de morir, y nadie pensaba seriamente en la posibilidad de que la Mamá Grande fuera mortal. Sólo esa madrugada, despertados por los cencerros del Viático, los habitantes de Macondo se convencieron de que la Mamá Grande no sólo era mortal, sino que se estaba muriendo.

Su hora era llegada. En su cama de lienzo, embadurnada de áloes hasta las orejas, bajo la marquesina de polvorienta espumilla, apenas se adivinaba la vida en la tenue respiración de sus tetas matriarcales. La Mamá Grande, que hasta los cincuenta años rechazó a los más apasionados pretendientes, y que fue dotada por la naturaleza para amamantar ella sola a toda su especie, agonizaba virgen y sin hijos. En el momento de la extremaunción, el padre Antonio Isabel tuvo que pedir ayuda para aplicarle los óleos en la palma de las manos, pues desde el principio de su agonía la Mamá Grande tenía los puños cerrados. De nada valió el concurso de las sobrinas. En el forcejeo, por primera vez en una semana, la moribunda apretó contra su pecho la mano constelada de piedras preciosas, y fijó en las sobrinas su mirada sin color, diciendo: «Salteadoras.» Luego vio al padre Antonio Isabel en indumentaria litúrgica y al monaguillo con los instrumentos sacramentales, y murmuró con una convicción apacible: «Me estoy muriendo.» Entonces se quitó el anillo con el Diamante Mayor y se lo dio a Magdalena, la novicia, a quien correspondía por ser la heredera menor. Aquel era el final de una tradición: Magdalena había renunciado a su herencia en favor de la Iglesia.

Al amanecer, la Mamá Grande pidió que la dejaran a solas con Nicanor para impartir sus últimas instrucciones. Durante media hora, con perfecto dominio de sus facultades, se informó de la marcha de los negocios. Hizo formulaciones especiales sobre el destino de su cadáver, y se ocupó por último de las velaciones. «Tienes que estar con los ojos abiertos», dijo. «Guarda bajo llave todas las cosas de valor, pues mucha gente no viene a los velorios sino a robar.» Un momento después, a solas con el párroco, hizo una confesión dispendiosa, sincera y detallada, y comulgó más tarde en presencia de los sobrinos. Entonces fue cuando pidió que la sentaran en el mecedor de bejuco para expresar su última voluntad.

Nicanor había preparado, en veinticuatro folios escritos con letra muy clara, una escrupulosa relación de sus bienes. Respirando apaciblemente, con el médico y el padre Antonio Isabel por testigos, la Mamá Grande dictó al notario la lista de sus propiedades, fuente suprema y única de su grandeza y autoridad. Reducido a sus proporciones reales, el patrimonio físico se reducía a tres encomiendas adjudicadas por Cédula Real durante la Colonia, y que con el transcurso del tiempo, en virtud de intrincados matrimonios de conveniencia, se habían acumulado bajo el dominio de la Mamá Grande. En ese territorio ocioso, sin límites definidos, que abarcaba cinco municipios y en el cual no se sembró nunca un solo grano por cuenta de los propietarios, vivían a título de arrendatarias 352 familias. Todos los años, en vísperas de su onomástico, la Mamá Grande ejercía el único acto de dominio que había impedido el regreso de las tierras al Estado: el cobro de los arrendamientos. Sentada en el corredor interior de su casa, ella recibía personalmente el pago del derecho de habitar en sus tierras, como durante más de un siglo lo recibieron sus antepasados de los antepasados de los arrendatarios. Pasados los tres días de la recolección, el patio estaba atiborrado de cerdos, pavos y gallinas, y de los diezmos y primicias sobre los frutos de la tierra que se depositaban allí en calidad de regalo. En realidad, esa era la única cosecha que jamás recogió la familia de un territorio muerto desde sus orígenes, calculado a primera vista en 100.000 hectáreas. Pero las circunstancias históricas habían dispuesto que dentro de esos límites crecieran y prosperaran las seis poblaciones del distrito de Macondo, incluso la cabecera del municipio, de manera que todo el que habitara una casa no tenía más derecho de propiedad del que le correspondía sobre los materiales, pues la tierra pertenecía a la Mamá Grande y a ella se pagaba el alquiler, como tenía que pagarlo el gobierno por el uso que los ciudadanos hacían de las calles.

En los alrededores de los caseríos merodeaba un número nunca contado y menos atendido de animales herrados en los cuartos traseros con la forma de un candado. Ese hierro hereditario, que más por el desorden que por la cantidad se había hecho familiar en remotos departamentos donde llegaban en verano, muertas de sed, las reses desperdigadas, era uno de los más sólidos soportes de la leyenda. Por razones que nadie se había detenido a explicar, las extensas caballerizas de la casa se habían vaciado progresivamente desde la última guerra civil, y en los últimos tiempos se habían instalado en ellas trapiches de caña, corrales de ordeño, y una piladora de arroz.

Aparte de lo enumerado, se hacía constar en el testamento la existencia de tres vasijas de morrocotas enterradas en algún lugar de la casa durante la guerra de Independencia, que no habían sido halladas en periódicas y laboriosas excavaciones. Con el derecho de continuar la explotación de la tierra arrendada y a percibir los diezmos y primicias y toda clase de dádivas extraordinarias, los herederos recibían un plano levantado de generación en generación, y por cada generación perfeccionado, que facilitaba el hallazgo del tesoro enterrado.

La Mamá Grande necesitó tres horas para enumerar sus asuntos terrenales. En la sofocación de la alcoba, la voz de la moribunda parecía dignificar en su sitio cada cosa enumerada. Cuando estampó su firma balbuciente, y debajo estamparon la suya los testigos, un temblor secreto sacudió el corazón de las muchedumbres que empezaban a concentrarse frente a la casa, a la sombra de los almendros polvorientos.

Sólo faltaba entonces la enumeración minuciosa de los bienes morales. Haciendo un esfuerzo supremo —el mismo que hicieron sus antepasados antes de morir para asegurar el predominio de su especie— la Mamá Grande se irguió sobre sus nalgas monumentales, y con voz dominante y sincera, abandonada a su memoria, dictó al notario la lista de su patrimonio invisible:

La riqueza del subsuelo, las aguas territoriales, los colores de la bandera, la soberanía nacional, los partidos tradicionales, los derechos del hombre, las libertades ciudadanas, el primer magistrado, la segunda instancia, el tercer debate, las cartas de recomendación, las constancias históricas, las elecciones libres, las reinas de la belleza, los discursos trascendentales, las grandiosas manifestaciones, las distinguidas señoritas, los correctos caballeros, los pundonorosos militares, su señoría ilustrísima, la corte suprema de justicia, los artículos de prohibida importación, las damas liberales, el problema de la carne, la pureza del lenguaje, los ejemplos para el mundo, el orden jurídico, la prensa libre pero responsable, la Atenas sudamericana, la opinión pública, las elecciones democráticas, la moral cristiana, la escasez de divisas, el derecho de asilo, el peligro comunista, la nave del Estado, la carestía de la vida, las tradiciones republicanas, las clases desfavorecidas, los mensajes de adhesión.

No alcanzó a terminar. La laboriosa enumeración tronchó su último vahaje. Ahogándose en el mare mágnum de fórmulas abstractas que durante dos siglos constituyeron la justificación moral del poderío de la familia, la Mamá Grande emitió un sonoro eructo y expiró.

Los habitantes de la capital remota y sombría vieron esa tarde el retrato de una mujer de veinte años en la primera página de las ediciones extraordinarias, y pensaron que era una nueva reina de la belleza. La Mamá Grande vivía otra vez la momentánea juventud de su fotografía, ampliada a cuatro columnas y con retoques urgentes, su abundante cabellera recogida a lo alto del cráneo con un peine de marfil, y una diadema sobre la gola de encajes. Aquella imagen, captada por un fotógrafo ambulante que pasó por Macondo a principios de siglo y archivada por los periódicos durante muchos años en la división de personajes desconocidos, estaba destinada a perdurar en la memoria de las generaciones futuras. En los autobuses decrépitos, en los ascensores de los ministerios, en los lúgubres salones de té forrados de pálidas colgaduras, se susurró con veneración y respeto de la autoridad muerta en su distrito de calor y malaria, cuyo nombre se ignoraba en el resto del país hacía pocas horas, antes de ser consagrado por la palabra impresa. Una llovizna menuda cubría de recelo y de verdín a los transeúntes. Las campanas de todas las iglesias tocaban a muerto. El presidente de la República, sorprendido por la noticia cuando se dirigía al acto de graduación de los nuevos cadetes, sugirió al ministro de la Guerra, en una nota escrita de su puño y letra en el revés del telegrama, que concluyera su discurso con un minuto de silencio en homenaje a la Mamá Grande.

El orden social había sido rozado por la muerte. El propio presidente de la República, a quien los sentimientos urbanos llegaban como a través de un filtro de purificación, alcanzó a percibir desde su automóvil en una visión instantánea pero hasta un cierto punto brutal, la silenciosa consternación de la ciudad. Sólo permanecían abiertos algunos cafetines de mala muerte, y la Catedral Metropolitana, dispuesta para nueve días de honras fúnebres. En el Capitolio Nacional, donde los mendigos envueltos en papeles dormían al amparo de columnas dóricas y taciturnas estatuas de presidentes muertos, las luces del Congreso estaban encendidas. Cuando el primer mandatario entró a su despacho, conmovido por la visión de la capital enlutada, sus ministros lo esperaban vestidos de tafetán funerario, de pie, más solemnes y pálidos que de costumbre.

Los acontecimientos de aquella noche y las siguientes serían más tarde definidos como una lección histórica. No sólo por el espíritu cristiano que inspiró a los más elevados personeros del poder público, sino por la abnegación con que se conciliaron intereses disímiles y criterios contrapuestos, en el propósito común de enterrar un cadáver ilustre. Durante muchos años la Mamá Grande había garantizado la paz social y la concordia política de su imperio, en virtud de los tres baúles de cédulas electorales falsas que formaban parte de su patrimonio secreto. Los varones de la servidumbre, sus protegidos y arrendatarios, mayores y menores de edad, ejercitaban no sólo su propio derecho de sufragio, sino también el de los electores muertos en un siglo. Ella era la prioridad del poder tradicional sobre la autoridad transitoria, el predominio de la clase sobre la plebe, la trascendencia de la sabiduría divina sobre la improvisación mortal. En tiempos pacíficos, su voluntad hegemónica acordaba y desacordaba canonjías, prebendas y sinecuras, y velaba por el bienestar de los asociados así tuviera para lograrlo que recurrir a la trapisonda o al fraude electoral. En tiempos tormentosos, la Mamá Grande contribuyó en secreto para armar a sus partidarios, y socorrió en público a sus víctimas. Aquel celo patriótico la acreditaba para los más altos honores.

El presidente de la República no había tenido necesidad de recurrir a sus consejeros para medir el peso de su responsabilidad. Entre la sala de audiencias de Palacio y el patiecito adoquinado que sirvió de cochera a los virreyes, mediaba un jardín interior de cipreses oscuros donde un fraile portugués se ahorcó por amor en las postrimerías de la Colonia. A pesar de su ruidoso aparato de oficiales condecorados, el presidente no podía reprimir un ligero temblor de incertidumbre cuando pasaba por ese lugar después del crepúsculo. Pero aquella noche, el estremecimiento tuvo la fuerza de una premonición. Entonces adquirió plena conciencia de su destino histórico y decretó nueve días de duelo nacional, y honores póstumos a la Mamá Grande en la categoría de heroína muerta por la patria en el campo de batalla. Como lo expresó en la dramática alocución que aquella madrugada dirigió a sus compatriotas a través de la cadena nacional de radio y televisión, el primer magistrado de la nación confiaba en que los funerales de la Mamá Grande constituyeran un nuevo ejemplo para el mundo.

Tan altos propósitos debían tropezar sin embargo con graves inconvenientes. La estructura jurídica del país, construida por remotos ascendientes de la Mamá Grande, no estaba preparada para acontecimientos como los que empezaban a producirse. Sabios doctores de la ley, probados alquimistas del derecho ahondaron en hermenéuticas y silogismos, en busca de la fórmula que permitiera al presidente de la República asistir a los funerales. Se vivieron días de sobresalto en las altas esferas de la política, el clero y las finanzas. En el vasto hemiciclo del Congreso, enrarecido por un siglo de legislación abstracta, entre óleos de próceres nacionales y bustos de pensadores griegos, la evocación de la Mamá Grande alcanzó proporciones insospechables, mientras su cadáver se llenaba de burbujas en el duro septiembre de Macondo. Por primera vez se habló de ella y se la concibió sin su mecedor de bejuco, sus sopores a las dos de la tarde y sus cataplasmas de mostaza, y se la vio pura y sin edad, destilada por la leyenda.

Horas interminables se llenaron de palabras, palabras, palabras que repercutían en el ámbito de la República, aprestigiadas por los altavoces de la letra impresa. Hasta que alguien dotado de sentido de la realidad en aquella asamblea de jurisconsultos asépticos, interrumpió el blablablá histórico para recordar que el cadáver de la Mamá Grande esperaba la decisión a 40 grados a la sombra. Nadie se inmutó frente a aquella irrupción del sentido común en la atmósfera pura de la ley escrita. Se impartieron órdenes para que fuera embalsamado el cadáver, mientras se encontraban fórmulas, se conciliaban pareceres o se hacían enmiendas constitucionales que permitieran al presidente de la República asistir al entierro.

Tanto se había parlado, que los parloteos traspusieron las fronteras, traspasaron el océano y atravesaron como un presentimiento por las habitaciones pontificias de Castelgandolfo. Repuesto de la modorra del ferragosto reciente, el Sumo Pontífice estaba en la ventana, viendo en el lago sumergirse los buzos que buscaban la cabeza de la doncella decapitada. En las últimas semanas los periódicos de la tarde no se habían ocupado de otra cosa, y el Sumo Pontífice no podía ser indiferente a un enigma planteado a tan corta distancia de su residencia de verano. Pero aquella tarde, en una sustitución imprevista, los periódicos cambiaron las fotografías de las posibles víctimas, por la de una sola mujer de veinte años, señalada con una blonda de luto. «La Mamá Grande», exclamó el Sumo Pontífice, reconociendo al instante el borroso daguerrotipo que muchos años antes le había sido ofrendado con ocasión de su ascenso a la silla de San Pedro. «La Mamá Grande», exclamaron a coro en sus habitaciones privadas los miembros del Colegio Cardenalicio, y por tercera vez en veinte siglos hubo una hora de desconciertos, sofoquines y correndillas en el imperio sin límites de la cristiandad, hasta que el Sumo Pontífice estuvo instalado en su larga góndola negra, rumbo a los fantásticos y remotos funerales de la Mamá Grande.

Detrás quedaron los luminosos sembrados de melocotones, la Via Apia Antica con tibias actrices de cine dorándose en las terrazas sin todavía tener noticias de la conmoción, y después el sombrío promontorio del Castelsantangelo en el horizonte del Tíber. Al crepúsculo, los profundos dobles de la Basílica de San Pedro se entreveraron con los bronces cuarteados de Macondo. Desde su toldo sofocante, a través de los caños intrincados y las ciénagas sigilosas que marcaban el límite del Imperio Romano y los hatos de la Mamá Grande, el Sumo Pontífice oyó toda la noche la bullaranga de los monos alborotados por el paso de las muchedumbres. En su itinerario nocturno la canoa pontificia se había ido llenando de costales de yuca, racimos de plátanos verdes y huacales de gallinas, y de hombres y mujeres que abandonaban sus ocupaciones habituales para tentar fortuna con cosas de vender en los funerales de la Mamá Grande. Su Santidad padeció esa noche, por primera vez en la historia de la Iglesia, la fiebre de la vigilia y el tormento de los zancudos. Pero el prodigioso amanecer sobre los dominios de la Gran Vieja, la visión primigenia del reino de la balsamina y de la iguana, borraron de su memoria los padecimientos del viaje y lo compensaron del sacrificio.

Nicanor había sido despertado por tres golpes en la puerta que anunciaban el arribo inminente de Su Santidad. La muerte había tomado posesión de la casa. Inspirados por sucesivas y apremiantes alocuciones presidenciales, por las febriles controversias de los parlamentarios que habían perdido la voz y continuaban entendiéndose por medio de signos convencionales, hombres y congregaciones de todo el mundo se desentendieron de sus asuntos y colmaron con su presencia los oscuros corredores, los atiborrados pasadizos, las asfixiantes buhardas, y quienes llegaron con retardo se treparon y acomodaron del mejor modo en barbacanas, palenques, atalayas, maderámenes y matacanes. En el salón central, momificándose en espera de las grandes decisiones, yacía el cadáver de la Mamá Grande, bajo un estremecido promontorio de telegramas. Extenuados por las lágrimas, los nueve sobrinos velaban el cuerpo en un éxtasis de vigilancia recíproca.

Aún debió el universo prolongar el acecho durante muchos días. En el salón del concejo municipal, acondicionado con cuatro taburetes de cuero, una tinaja de agua filtrada y una hamaca de lampazo, el Sumo Pontífice padeció un insomnio sudoroso, entreteniéndose con la lectura de memoriales y disposiciones administrativas en las dilatadas noches sofocantes. Durante el día, repartía caramelos italianos a los niños que se acercaban a verlo por la ventana, y almorzaba bajo la pérgola de astromelias con el padre Antonio Isabel, y ocasionalmente con Nicanor. Así vivió semanas interminables y meses alargados por la expectativa y el calor, hasta que Pastor Pastrana se plantó con su redoblante en el centro de la plaza y leyó el bando de la decisión. Se declaraba turbado el orden público, tarrataplán, y el presidente de la República, tarrataplán, disponía de las facultades extraordinarias, tarrataplán, que le permitían asistir a los funerales de la Mamá Grande, tarrataplán, rataplán, plan, plan.

El gran día era venido. En las calles congestionadas de ruletas, fritangas y mesas de lotería, y hombres con culebras enrolladas en el cuello que pregonaban el bálsamo definitivo para curar la erisipela y asegurar la vida eterna; en la placita abigarrada donde las muchedumbres habían colgado sus toldos y desenrollado sus petates, apuestos ballesteros despejaron el paso a la autoridad. Allí estaban, en espera del momento supremo, las lavanderas del San Jorge, los pescadores de perla del Cabo de Vela, los atarrayeros de Ciénaga, los camaroneros de Tasajera, los brujos de la Mojana, los salineros de Manaure, los acordeoneros de Valledupar, los chalanes de Ayapel, los papayeros de San Pelayo, los mamadores de gallo de La Cueva, los improvisadores de las Sabanas de Bolívar, los camajanes de Rebolo, los bogas del Magdalena, los tinterillos de Mompox, además de los que se enumeran al principio de esta crónica, y muchos otros. Hasta los veteranos del coronel Aureliano Buendía —el duque de Marlborough a la cabeza, con su atuendo de pieles y uñas y dientes de tigre— se sobrepusieron a su rencor centenario por la Mamá Grande y los de su especie, y vinieron a los funerales, para solicitar del presidente de la República el pago de las pensiones de guerra que esperaban desde hacía sesenta años.

Poco antes de las once, la muchedumbre delirante que se asfixiaba al sol, contenida por una élite imperturbable de guerreros uniformados de dormanes guarnecidos y espumosos morriones, lanzó un poderoso rugido de júbilo. Dignos, solemnes en sus sacolevas y chisteras, el presidente de la República y sus ministros, las comisiones del parlamento, la corte suprema de justicia, el consejo de Estado, los partidos tradicionales y el clero, y los representantes de la banca, el comercio y la industria, hicieron su aparición por la esquina de la telegrafía. Calvo y rechoncho, el anciano y enfermo presidente de la República desfiló frente a los ojos atónitos de las muchedumbres que lo habían investido sin conocerlo y que sólo ahora podían dar un testimonio verídico de su existencia. Entre los arzobispos extenuados por la gravedad de su ministerio y los militares de robusto tórax acorazado de insignias, el primer magistrado de la nación transpiraba el hálito inconfundible del poder.

En segundo término, en un sereno transcurso de crespones luctuosos, desfilaban las reinas nacionales de todas las cosas habidas y por haber. Por primera vez desprovistas del esplendor terrenal, allí pasaron, precedidas de la reina universal, la reina del mango de hilacha, la reina de la auyama verde, la reina del guineo manzano, la reina de la yuca harinosa, la reina de la guayaba perulera, la reina del coco de agua, la reina del fríjol de cabecita negra, la reina de 426 kilómetros de sartales de huevos de iguana, y todas las que se omiten por no hacer interminables estas crónicas.

En su féretro con vueltas de púpura, separada de la realidad por ocho torniquetes de cobre, la Mamá Grande estaba entonces demasiado embebida en su eternidad de formaldehído para darse cuenta de la magnitud de su grandeza. Todo el esplendor con que ella había soñado en el balcón de su casa durante las vigilias del calor, se cumplió con aquellas cuarenta y ocho gloriosas en que todos los símbolos de la época rindieron homenaje a su memoria. El propio Sumo Pontífice, a quien ella imaginó en sus delirios suspendido en una carroza resplandeciente sobre los jardines del Vaticano, se sobrepuso al calor con un abanico de palma trenzada y honró con su dignidad suprema los funerales más grandes del mundo.

Obnubilado por el espectáculo del poder, el populacho no determinó el ávido aleteo que ocurrió en el caballete de la casa cuando se impuso el acuerdo en la disputa de los ilustres, y se sacó el catafalco a la calle en hombros de los más ilustres. Nadie vio la vigilante sombra de gallinazos que siguió al cortejo por las ardientes callecitas de Macondo, ni reparó que al paso de los ilustres éstas se iban cubriendo de un pestilente rastro de desperdicios. Nadie advirtió que los sobrinos, ahijados, sirvientes y protegidos de la Mamá Grande cerraron las puertas tan pronto como sacaron el cadáver, y desmontaron las puertas, desenclavaron las tablas y desenterraron los cimientos para repartirse la casa. Lo único que para nadie pasó inadvertido en el fragor de aquel entierro, fue el estruendoso suspiro de descanso que exhalaron las muchedumbres cuando se cumplieron los catorce días de plegarias, exaltaciones y ditirambos, y la tumba fue sellada con una plataforma de plomo. Algunos de los allí presentes dispusieron de la suficiente clarividencia para comprender que estaban asistiendo al nacimiento de una nueva época. Ahora podía el Sumo Pontífice subir al cielo en cuerpo y alma, cumplida su misión en la tierra, y podía el presidente de la República sentarse a gobernar según su buen criterio, y podían las reinas de todo lo habido y por haber casarse y ser felices y engendrar y parir muchos hijos, y podían las muchedumbres colgar sus toldos según su leal modo de saber y entender en los desmesurados dominios de la Mamá Grande, porque la única que podía oponerse a ello y tenía suficiente poder para hacerlo había empezado a pudrirse bajo una plataforma de plomo. Sólo faltaba entonces que alguien recostara un taburete en la puerta para contar esta historia, lección y escarmiento de las generaciones futuras, y que ninguno de los incrédulos del mundo se quedara sin conocer la noticia de la Mamá Grande, que mañana miércoles vendrán los barrenderos y barrerán la basura de sus funerales, por todos los siglos de los siglos.

ÍNDICE